上海市哲學社會科學規劃一般課題《近代社會轉型與民國女性詞研究》（2017BWY009）、國家社科基金重點項目《民國詞集專題研究》（13AZD048）階段性成果

上海文化發展基金會圖書出版專項基金資助項目

民國閨秀集

壹

徐燕婷　吴　平　編著

上海古籍出版社

圖書在版編目(CIP)數據

民國閨秀集 / 徐燕婷,吴平編著. —上海: 上海古籍出版社,2019.12
ISBN 978-7-5325-9387-3

Ⅰ. ①民… Ⅱ. ①徐… ②吴… Ⅲ. ①詞(文學)—作品集—中國—民國 Ⅳ. ①I222.86

中國版本圖書館 CIP 數據核字(2019)第 233538 號

民國閨秀集

(全八册)

徐燕婷
吴　平　編著

上海古籍出版社出版發行

(上海瑞金二路 272 號　郵政編碼 200020)

(1) 網址: www.guji.com.cn

(2) E-mail: guji1@guji.com.cn

(3) 易文網網址: www.ewen.co

常州市金壇古籍印刷廠印刷

開本 890×1240　1/32　印張 156.625　插頁 40

2019 年 12 月第 1 版　2019 年 12 月第 1 次印刷

ISBN 978-7-5325-9387-3

I・3437　定價: 1980.00 元

前言

民國儘管在歷史的長河中僅僅存在了不到三十八年，但却是近代與現代交融、現代向當代轉型的特殊時期。這一時期的文學亦呈現出新與舊、傳統與革新並存的特點。新文化運動一路高歌猛進，白話文學如雨後春笋般出現，而傳統的文學樣式如古體詩詞等創作依舊留存在歷史舞臺，在彼此的獨立與交融中向前推進，共同構建了一個多面的民國文學。民國的女性詞創作，正是在這一背景下蹣跚前行。

我們常講清詞中興，然接續這一中興局面之後的民國詞的真實狀况，在很長一段時間内被有意無意地忽略了，而隨着近年來民國文化研究逐漸被學界重視，這一塊文學土地被逐漸發現、開發。除了研究性著作、論文外，一批民國詞集被陸續從故紙堆中挖掘出來，重新展現在世人面前。二〇一六年，朱惠國、吴平主編的《民國名家詞集選刊》（全十六册）由國家圖書館出版社影印出版，選録了民國名家詞集八十九種；二〇一七年，曹辛華主編的《民國詞集叢刊》（全三十二册）也由國家圖書館出版社影印出版，收録了二百四十九位民國詞人的二百八十九部詞集。可以説這兩部叢書的出版，對民國詞集進行了系統梳理，初步呈現出民國詞的創作概貌。而於民國女性詞集方面，上述兩部書亦有數量不等的收録，惜皆有較大遺漏。

那麼，民國女性詞目前的研究現狀如何呢？與「民國熱」不甚相稱的是，當前這一領域的研究仍主要集中於如吕碧城、茅於美、湯國梨、沈祖棻、徐自華等寥寥數位詞人的個案研究，大部分的女性詞人皆湮没無聞，以至於在很長一段時間内給人一種錯覺——民國似乎並没有多少女詞人。然事實却不盡如此。通過對民國女性詞集的梳理，一大批女性詞人出現在我們面前：許禧身、左又宜、郭堅忍、劉鑑、張季平、姚倩、姚茝、吕碧城、楊延年、袁小韞、張祖銘、羅莊、温倩華、周演巽、何桂珍、張汝釗、温匋、王慕蘭、陳翠娜、馬汝鄴、周韞玉、楊志温、俞玫、王韻緗、濮賢娷、孫景謝、陳乃文、鄭道馥、盧葆華、范姚倚雲、陳家慶、丁寧、吕景蕙、王蘭馨、張祖銘、張默君、倫鸞、楊鍾虞、吕鳳、姚楚英、吕惠如、潘樹春、楊莊、徐自華、吴慶雲、湯國梨、劉蘅、王真、王德愔、何曦、施秉莊、張蘇錚、葉可羲、薛念娟、茅於美、沈祖棻、陳璇珍、李久芸，等等。而從民國詞集的刊刻觀之，大致可以分爲三個階段：一九一二年至一九二七年，由於改朝换代，時局動蕩，詞集總體上刊刻數量較少；一九二七年至一九三七年，是民國文學的十年黄金期，亦是女性詞創作的十年黄金期，大量的詞集在這一時期出現，也帶來了新的風貌，當然這也跟這一時期出版業的興盛有很大的關係；一九三七年至一九四九年，可視爲民國女性詞的衰落期，隨着抗戰的全面爆發，詞人天涯飄零，詞集的刊刻也隨即凋零。

而與詞集在不同時期刊刻的興衰相適應的是，民國女性詞也在不同時期有其特定的發展軌迹和不同的詞學風貌，從而構成民國女性詞的真實創作狀態和歷史存在現象。惜此前大量的女性詞集尚未走入研究者視野，也使得這一領域的研究相對滯後，這也是本書編撰的重要目的：希望通過原始材料的呈現，帶來民國女性詞研究的熱潮，避免民國女性詞書寫的缺位，從而助益整個民國詞史書寫的客觀、真實與全面。

之所以希望將這批民國女性詞集通過影印出版的方式與世人見面，也是筆者在資料搜集過程中深感民國詞集原始材料搜集之不易，希望給後來的女性文學研究者提供一些資料上的便利。不同於諸如唐詩宋詞等比較成熟的研究領域的資料查找，可以通過各類古籍網站或者通過相應的目録按圖索驥，民國女性詞集在很長一段時間内都未被關注，它們或散藏於國内各大圖書館的古籍部，或存在於私人藏家手中。最爲關鍵的是，作爲一名研究者，不知道這些女性詞集究竟存在哪裏，它的體量到底有多大。二〇一四年年初開始，筆者開始有意識地在全國各大公共圖書館和高校圖書館通過網上關鍵字搜索，或通過圖書館的紙質卡片搜索相關信息，同時又通過孔夫子舊書網等網站的相關信息查詢，經過近三個月的排摸，終於初步梳理出民國女性詞集的目録。之後將近一年的時間是聯繫各大圖書館搜集相應的版本，或通過孔夫子舊書網直接購買。然後是鑒别的過程，某些集子如《陽春白雪詞》，雖集名看似是一部詞集，實際上是一部唱和的詩集，並無一闋詞；而有些雖名爲詩集，後面則附有一卷或者數卷詞作。諸如此類，若非親見，容易被集名誤導。所以，這一過程是十分艱辛的，其中要特别感謝合作者吴平研究員，協助搜集了大量資料，確保這一工作順利進行。本書的編著得到了導師朱惠國先生的全程指導。同時也要特别感謝同門師弟師妹和許多其他師友的幫助，因爲我博士論文做的是與民國女性詞集相關的研究，他們每每在資料查閲時看到相關女詞人或詞集的信息，會第一時間告知我，以便我及時掌握。當然，這一過程顯然又是十分漫長的，即便在博士論文完成之後的很長一段時間内，補漏工作仍在繼續。所以，這一工作從二〇一四年上半年開始，到二〇一九年三月才算初步告一段落，歷時約五年。因此，本書既是筆者博士論文寫作的一個副産品，也是目前學界對民國女性詞集的第一次系統全面梳理。當然求全是非常難的，有些詞集尤其是部分在私人藏家手裏的詞集可能還没有進入到我們的視野；個别詞集儘管知道其所藏之地，却囿於精力、財力等種種原因，未能一併納入集中，也是不小的遺憾。但不管如何，譬如一座建築，它的毛坯已經成形了，希望後來的研究者可以省略這一艱辛的過程，節約大量人力物力，不再做無謂的重複勞動。更希望他們在此基礎上做一些查漏補缺、錦上添花的工作，並進行相應的研究，以使這一工作越來越完善。

本書題目經過再三斟酌，最終定名爲《民國閨秀集》，這裏有幾點需要説明：

一、集名雖爲「閨秀集」，實則主要以民國女性詞集爲主，只是有些是專門的女性詞别集，有些是女詞人的詩詞或詩詞文合集，有些是女詞人群體的詞集合刊本，如《壽香社詞鈔》，以上一併收入集中。若集中無詞，則不予收録。個别女詞人的詞作若是附在男性别集之後，則單獨抽離出來予以影印。爲了方便检索，目録仍以每部作品集名編目，提要則主要針對詞集而作。

二、集中收録的民國女性詞集，專指初次結集或出版時間在一九一二年至一九四九年之間，且作者於民國年間尚在世的所有别集、合集等，包括所有排印本、石印本、油印本、稿本、抄本等。

三、《民國閨秀集》共收録女性詞集五十四種（含存目），並根據相關資料，爲每部詞集撰寫詞集提要，以便讀者更好地瞭解詞人詞集。詞集排序則以刊刻時間先後爲序。

四、部分民國女性詞集作者由於卒年距今尚未滿五十年，作品仍在著作權保護期内，我們又未能取得其後人授權出版，故作存目處理，僅附詞集提要。

五、筆者在查找民國女性詞集的過程中發現，此期尚有較大數量的女性詩集存世，限於時間和精力，未能一一搜羅。若將來尚有餘力，可以詩集爲主，繼續整理出版續編，爲民國閨秀文學出一份力，這對於整個民國女性文學研究的完整性有着較大的意義。

《民國閨秀集》即將付梓，由於筆者的精力和學識所限，必存在一定的問題和疏漏，希望各位方家不吝指正。同時，我們更希望有越來越多的研究者能够關注民國女性詞這一領域，共同爲女性詞的研究盡一份心力。

徐燕婷

二〇一九年三月十二日

總目録

第一册

第二册

第三册

第四册

第五册

第六册

第七册

第八册

第一册

許禧身 撰

亭秋館詩詞鈔（附外集、附録）

民國元年（一九一二）刻本

提要

許禧身《亭秋館詞鈔》

《亭秋館詞鈔》四卷，許禧身撰，與《亭秋館詩鈔》十卷、《亭秋館外集》一卷、《亭秋館附録》一卷合刊，民國元年（一九一二）刻本。國家圖書館、北京大學圖書館、中國人民大學圖書館、上海圖書館、復旦大學圖書館、南開大學圖書館、南京大學圖書館、山東大學圖書館、蘇州大學圖書館等有藏。《亭秋館詞鈔》原題《偕園詞鈔》，得名於杭州橫河裏橋園林名。《亭秋館詞鈔》陳夔龍序：「仲蘐主人《亭秋館詩鈔》六卷余既序而刊之矣。主人吟詩之暇，尤好填詞。每當花朝月夕，酒闌茶罷，興之所至，一寄於倚聲，積久得《偕園詞鈔》若干首。偕園者，客歲卜宅杭州橫河裏橋，小有園林，名之曰『偕』，爲他日乞身偕隱地也。」此序落款爲「己酉重陽後十日筱石陳夔龍」。己酉年，應爲宣統己酉年，即一九〇九年。根據陳序可知，《亭秋館詞鈔》在一九〇九年之前已經成形，並題名「偕園詞鈔」，其時《亭秋館詩鈔》六卷已經於前一年即一九〇八年刊行。

《亭秋館詞鈔》正式刊刻於民國元年（一九一二），卷一《偕園吟草》下注「舊題『大梁雜詠』」，卷二《偕園吟草》，卷三《偕園吟草》下注「舊題爲『桂蝶樓詞』，今與藏園及近作合爲一卷」，卷四《偕園吟草》下注「舊題爲『西泠悼女詞』，今與近作合編」。一九一二年刻本子目依然保留「偕園」二字，但詞集名已改爲「亭秋館詞鈔」，以與《亭秋館詩鈔》一致。從子目所注，可以大致瞭解《偕園詞鈔》情況：全書亦爲四卷，具體目録應爲：卷一爲《大梁雜詠》，卷二爲《偕園吟草》，卷三爲《桂蝶樓詞》，卷四爲《西泠悼女詞》。《亭秋館詞鈔》一九一二年刻本有兩序：其一是慈溪葉慶增序，中有「顧取《偕園詞鈔》讀之」句；其二是許禧身丈夫陳夔龍的序，如上所言，亦稱《偕園詞鈔》，並專門説明「偕園」得名之由。由此可知，兩序均爲《偕園詞鈔》所作。後詞集定名《亭秋館詞鈔》，兩序一併移録。葉序未署時間，陳序時署「己酉重陽後十日」，也即一九〇九年十一月一日。據此判斷，《偕園詞鈔》所收均爲此前的詞作。詞集又有徐琪、馮煦、郭寶珩題辭四首，均無落款時間。其中晚清詞家馮煦兩首《浣溪沙》，題爲「伏讀亭秋夫人《偕園詞鈔》，莫名欽佩，敬倚此闋」，當爲《偕園詞鈔》所題，與葉、陳兩序一樣，也是移録於此。徐琪所題《買陂塘》（實爲《念奴嬌》）一首，題爲「奉題亭秋夫人詞集，即希拍政」，未指明詞集名。郭寶珩所題《沁園春》一首，題爲「敬題《亭秋館詞》後」，則明顯是一九一二年爲定名後的《亭秋館詞鈔》所題。可見《偕園詞鈔》應在一九〇九年之前已經成書，有四卷，卷前有兩序，並至少兩首題辭。只是當時可能只在於親友間傳閲而未正式刊刻。一九一二年詞集正式刊刻，改名爲《亭秋館詞鈔》，將葉、陳爲《偕園詞鈔》所作兩序，馮煦兩首《浣溪沙》與郭寶珩新爲《亭秋館詞鈔》所題的《沁園春》，以及徐琪的《念奴嬌》，一起置於卷首，形成現在的格局。從詞集所收詞作看，一九一二年刊刻時新增了一九〇九年至一九一二年的詞作，主要集中在卷三和卷四，卷三目録注「舊題爲『桂蝶樓詞』，今與藏園及近作合爲一卷」，卷四目録注「舊題爲『西泠悼女詞』，今與近作合編」，作了大致的説明。這與《亭秋館詩鈔》所增補作品在時間上基本一致。

《亭秋館詩鈔》有十卷本和六卷本兩種。儘管《亭秋館詞鈔》陳夔龍序中言及「仲蘐主人《亭秋館詩鈔》六卷余既序而刊之矣」，但胡文楷《歷代婦女著作考》著録，許禧身條目下却只有「亭秋館詩鈔十卷（一九一二年嘉平月臘八日刊於京師）」「亭秋館詞鈔四卷（一九一二年壬子刊本）」「亭秋館外集（附於《亭秋館詩詞集》後）」三條。所以極有可能六卷本《亭秋館詩鈔》刊印數量少，流傳並不廣，未著録於他書，故胡先生未見。近年來此六卷本已有藏家收藏，即光緒三十四年（一九〇八年）鉛印本。前有陳夔龍序、侄婿俞陛雲序。卷一《初學集》，卷二《和泪吟》，卷三《山中悼女詞》，卷四《蘇臺集》，卷五《天香吟草》，卷六《桂樓吟》。末附侄女許之仙、侄孫俞璡、侄許綏之等所作詩。一九一二年《亭秋館詩鈔》十卷本中，卷一《初學集》，卷二《和泪吟》，卷三《蘇臺集》，卷四《天香吟草》，卷五《桂樓吟》，卷六《偕園雜詠》，卷七《偕園吟草》，卷八、卷九無子目，卷十《淞濱集》。其中卷二末附《山中悼女詞》，並注「舊稿别爲一卷，兹與前詩合編」。所以相較之下，一九一二年版卷一至卷五即六卷本卷一至卷六的内容，唯一九一二年版將《和泪吟》與《山中悼女詞》合編。十卷本陳夔龍序云：「今夏隨任武昌，偶檢行篋已得存詩四百餘首，是皆芳情之醖釀，血泪之謳吟也。爰謀授之梓人。」據《庸庵尚書奏議》卷九之《調補鄂督謝恩折》載：「臣於貴陽省寓恭閲電鈔。光緒三十四年二月初四日奉上諭，湖廣總督著陳夔龍調補……」可知，陳夔龍調任湖廣總督在一九〇八年，故此序應寫於一九〇八年，即六卷本《亭秋館詩鈔》之序。卷六至卷十則是新增之作品，卷六《偕園雜詠》有《己酉六月廿二日由龍華寺歸感作》，己酉年爲一九〇九年。卷七《偕園吟草》最後一首詩題爲《示子婦》，此詩應寫給繼子昌豫之婦，而根據《亭秋館外集》之《筆記》所載：「丁未秋又爲繼子福兒受室於姚氏女，新婦人入門尚稱婉順。」丁未年爲一九〇七年，也就是卷七之作最晚爲一九〇七年。卷八中有一首《辛亥元旦憶女和筱石韻》，辛亥年爲一九一一年，故卷八之作最晚應不早於一九一一年。卷九、卷十無明確時間指向的詩作。而十卷本内頁有「壬子嘉平月臘八日刊於京師」，也就是十卷本於一九一二年十二月刊印，由此推論，十卷本《亭秋館詩鈔》增補了六卷本未收之一九〇八年之前的作品以及一九〇九年後至一九一二年之間新創作的作品。

許禧身（一八五八—一九一六），字仲蘐，一字亭秋，浙江錢塘（今浙江杭州）人。晚清貴陽直隸總督陳夔龍繼室。在此之前，陳夔龍先後娶貴州知府周繼煦次女周氏、四川總督丁寶楨侄女丁氏爲妻，皆卒。一八八八年九月，許禧身嫁與陳夔龍，婚後夫婦感情十分和睦。許家在杭州屬於名門望族，一門之中，進士三人，舉人四人，門楣上還掛有「七子登科」的匾額。父親許乃恩，曾在山東等地任知縣。哥哥許祐身，曾任山東道監察御史、蘇州知府等，爲俞樾女婿，才女俞繡孫丈夫，俞繡孫著有《慧福樓詞》，清代女詩人許之雯便是他們所出。許禧身一姐姐嫁給嘉定廖仲山，後早卒，兵禍之故，詩句多不傳。許禧身自幼聰慧異常。從許禧身《亭秋館詞鈔》詞風來看，主要偏於傳統閨秀詞的路數，詞中出現的意象、意境等皆未有較大新變内容，詞風仍以婉約清麗爲主。尤其值得注意的是，由於許禧身次女昌穎出生一年左右便夭折，長女昌紋年甫十七而歿，給其造成重大打擊。因此，在《亭秋館詞鈔》中，有諸多寫及女兒之作，哀婉悽楚，令人動容。

亭秋館詩鈔十卷

仲蘐署

壬子嘉平
月臘八日
刊於京師

序

錢塘許緣仲方伯之夫人顧氏先母鄭太夫人之中表姊妹也方伯之從弟子原觀察與余同游邑庠又與先叔同登癸酉鄉薦故許氏之家世惟余最悉及余通籍而觀察方官比部旋入諫垣文字過從殆無虛日嘗聞其兩女弟之才其長歸嘉定廖仲山宗伯早卒會遭兵燹詩句多不傳次即今貴陽陳尙書筱石同年之淑配世所稱亭秋夫人者是也觀察居吾師俞曲園先生甥館先生女公子綵裳女史爲夫人嫂氏工詞翰夫人幼從之學故才思雋上尙書又與余同領鄉薦登第後並

在京師每於兩家獲誦夫人得意諸作然珠玉亦不輕出且不甚存稿自尚書由京兆尹開藩汴中督漕袁浦以至撫吳撫汴移蜀督鄂南轅北轍繡軿隨之江山湖海之勝盡歸眼底神仙花草之瑞蒔集庭中尚書既有一官一集之編夫人亦隨地吟哦積如干卷會尚書保釐畿輔余抽簪後仍居宣南颷車迅速郵筒一日可達於是彼此迭有贈答兼以拙句求夫人題詠及上年避地津門尚書正引退僑居望衡往還益密因得拜觀夫人全集盥讀既竟不禁起而歎曰夫人之詩詞豈尋常巾幗儷紅妃白嘲風詠露之句哉使以鬚眉論固忠孝

兼全之純儒義憤勃發之豪傑體恤民艱之廉吏慈惠
及物之仁人洞悉世變之智者悟徹上下之仙佛也聞
庚子聯軍入城尚書與夫人皆欲捐軀報國後吾師李
文忠公與尚書籌定欵局中外獲安其間夫人贊助之
策實多觀集中聞
兩宮蒙塵慨然有作聞
二聖升遐有作忠肝義膽露於字裏行間其初度日答
尚書韻云紅閨忠烈慚無補與鯁直忠懷誰識我諸句
可以知其志矣平時孝事其親固無待言及歸尚書深
以不逮事姑慈爲憾祭先之日必有詩誌感於生母李

太夫人忌日亦然知夫人孺慕之忱固數十年如一日也若夫時局日非當世營營利祿者方樂之不疲以爭趨捷徑夫人見而慨焉則有朝事無憑不忍聞列强洶洶窺中國但知鼓腹心中熱祗恐燃眉目下燒新舊異宜諸政改古制飄零事事新脂膏零落財愁盡貴賤無分苦共嘗諸作蓋當時在朝諸公所不敢言者而夫人獨言之至襜帷所到之地屏卻供億鋪陳均用其自攜者其曲體民情可謂周洽旁皇矣若汴中鄂中禱雨輒應并祝以分潤京師甘涼見僕人折巨枝梅花惄焉傷之仁心仁術隨在流露誦焚香清夜祝年豐之詩與慨

蒼生凍餒營謀利之詞可知夫人胸襟固有民胞物與之量也非直此也周丁兩夫人之後每有祀事必寄之於詩至再至三且爲卜地西湖右台山奉兩夫人靈輀自黔安窆躬爲料量窀穸其風義之高於此見亦仁厚之德於此昭也迨滄桑世變之乘夫人又若前知觀詩中云最惜江漢城財窘民時閧又云人情反覆船遭浪國帑漸傾民意亂國事摧殘慚莫補民氣凋殘生意盡皆洞若觀火料事幾先若夫去來悟徹蓋有夙根當尙書在官時處極盛之境屢屬引退觀詩云勿戀權樞貴宦途須撒手豈若卻朝簪煙水清波共重擔一肩何日

歇清波煙水作閒人買山未允愁生黛眼前富貴等浮雲茫茫宦海回頭岸整備歸裝早著篙與老境渾如出世人諸句其見道之深直合儒宗仙佛爲一貫是以尚書竟能急流勇退逍遥於晝錦綠野之閒皆夫人力也夫尚書棨戟式臨與夫人聯吟疊和時而仙蹕下翔花瑞踵見似與政治無涉而休養元氣要寓其中試觀尚書在鄂而洞庭不波笛聲月色皆助吟料是何等清曠之境去未逾時而煙塵四起郎在北門筦鑰之際國勢已日岌岌雖藎籌擘畫心力交瘁而卒獲乂安解組不一月丁沽之炬光燄燭天然後知尚書與夫人之福澤

皆寄意於文字之中其爲詩也正其造福有餘而始能爲之也世有胸無一字竭蹶不遑謬語人云吾將實事求是不屑舞弄文墨卒至叢脞顛越并以辱國喪身其亦知尙書與夫人詩詞之功用爲何如哉夫人以掌珠之失集中哀女詩較多或有議其用情之太過者余則謂不然經不云乎喜怒哀樂之未發謂之中發而皆中節謂之和夫人之哀女發而中節之哀正所謂和也儻於愛女之隕而强作達觀不形於色不見乎詞此矯揉造作不近人情者是僞爲也其所謂中節者安在哉況三百篇之風詠勞人思婦之詞居多先聖删詩不廢閨

閨幽怨之什固甚重乎才媛矣夫人諸鉅製猶是三百篇之旨而進合乎中和之道者也惟其中故立言不卑不亢論世不激不隨而悉叶乎正惟其和故雖嗟悼之詠而吐屬華貴風姿掩映令人誦之無衰颯之氣然則其和也皆其福緒之所融會者也昔人以温和二字銘郭汾陽之琴謂温字足以狀其大富貴和字足以形其亦壽考今夫人得其和故與尚書鴻案相莊笄珈偕老親見尚書之貴顯功成身退得嘯歌於偕園花竹之間而有酬唱集之刻則不言温而和之中已兼富貴壽考之福矣況温柔敦厚温厚和平皆詩教也吾以和論而

夫人詩中固隱寓温之德矣至於琢句之妙美不勝收
大半寢饋於三唐而兼有蘇陸之藴倚聲則瓣香漱玉
而合屯田白石碧山草窗諸家爲一手詩中佳句如數
點青山半夕陽日落寒礁起暮涼梧桐葉落秋聲老金
粟香添涼意生萬山亂疊雲如絮染霜紅葉已深秋風
凝凍地催征馬春暖煙波轉錦帆滿江漁火客愁中風
吹細雨滿江城催轉江頭遷客情沿江山色捲簾看山
色斜陽一片紅雪滿窗前獨倚樓滿山紅葉正深秋攜
得山中佳色來青山紅樹滿江村不對花豪對酒豪皆
深得唐賢三昧至題拙集云山缺似聞雲裏笛菴深静

對佛前燈西樓日隱霞生赤南浦江流浪捲青病起看花還策杖睡來枕絮欲眠雲寫閒居風景尤爲惟妙惟肖若最好沿隄官柳外欹斜兩樹紫藤花踏偏溼雲雙屐滑拾來紅葉一肩忙折得名花隨意戴臨窗獨坐寫丹青皆詩中有畫不食人間煙火至於詞句輕倩由於慧業過人雕琢刻畫之迹均洗而空之如薄薄紗幮夜靜涼時候咫尺天涯淒涼兩地皆秋此與清照何異若凭偏篷窗愁生山色溟濛與窗竹晚蕭蕭柳外月初生諸句則逼眞淮海矣若奈安邊少計鬢角愁生則直接白石矣紅燭光分綠窗夢醒銀河宛轉微明則儼然草

窗矣青燈一縷殘煙盡作朦朧睡也無多百結柔情詠來萬緒千頭置之碧山集中幾欲奪幟矣若與尚書聯句金和玉節更不勝枚舉如江靜輕雲澹天高落照遲綠垂春漸老紅溼雨初晴面面青山環郭外村村黃葉是江南蒼茫暮色風初定自在行雲水欲流藻采工麗聲情倜儻幾於無可伯仲余姑舉一二以告世之讀斯集者庶知以詩句論夫人則夫人之詩固騷壇之巨擘以詩境驗夫人則夫人又忠臣義士純儒廉吏仙佛之現身也昨者恭刻先母鄭太夫人都梁香閣遺集曾荷尚書與夫人賜題今夫人大集告成雖先母未及見琪

何可已於言哉尚書之詩集余已爲文弁其簡端今更爲此篇質之尚書當以余爲知言也壬子夏六月荷花生日前四日姻世年愚姪徐琪謹序於宣南接葉亭時年六十有四

序

漢儒之釋詩曰詩者持也謂持其志而不去也古之賢哲慮風趨之日薄作爲詠歌以道其性情而敦其風誼自漢以降沿及閨闈頌菊銘椒淸才輩出

國朝文教昌明有方召之勳臣宣力於外有尹吉之女士播芬於內以珍褘懿鑠之行寫女師德象之篇和其聲以鳴

國家之盛如內姑母許夫人之詩誠不可及矣夫人高陽名族夙有敦詩說禮之稱內姑丈庸菴督部夫子歇歷所至勳伐爛然而夫人襟懷之遠識鑒之精忠讜之

忱仁慈之惠自名卿大夫以逮鄉閭戚鄙靡不交口誦之其餘事復工詩詞卷中憶女之作爲多悱惻纏緜長言詠歎昔賢所謂情文相生者讀之令人增人倫之重而流連景物唱和同聲之什亦具此編戚黨見之咸斂手欽服請壽諸剞劂陛雲受而讀之謹識數語於簡端夫人珍禕懿鑠之行久布遐邇無藉詩傳即以詩論所謂道性情而敦風誼者誠有合於古賢持志之義以矜式來茲其裨益於薄俗人心者遠矣內姪壻俞陛雲謹序

序

仲蘐主人天資開敏髫齡未嘗學問而識解異於常人年三十來歸余適官兵部家政無大小恒相贊助庚子之變同居京師槍彈林中不失常度余奉
旨留守每有商榷無不動中機宜亦天資使然也偶有暇輒挑燈煮茗賡和爲樂然亦不多作迨余撫大梁乙巳六月吾女之喪無可排遣余有哭女詩五十首仲蘐亦成哀詩三十六首不忍卒讀嗣後西泠感逝橫橋望遠情所難遣一託諸詩今夏隨任武昌偶檢行篋已得存詩四百餘首是皆芳情之醖釀血淚之謳吟也爰謀

授之梓人仲蘐以素昧詩律深以貽笑方家爲懼余謂詩無工拙惟其眞耳明月在天春花弄影此豈有雕琢於其間哉描寫性靈發攄悲憤則是編也謂之詩也可謂之言志也亦可是爲序筱石陳夔龍

題辭一

貴陽尚書同年以淑配亭秋夫人大集見示欽佩
不已敬題八律奉正

仁和徐　琪花農

鴻案吟來字字工瑶琴錦瑟答絲桐識超富貴功名外
福在神仙眷屬中喜佐調梅知有日非徒詠絮說因風
一篇秋興何堪比雙管花添萬朶紅

龍跳虎卧氣盤旋（公手書雄渾有虎卧龍跳之妙）妙體簪花格更妍（姻世年伯母細楷工妙不讓古之簪花格也）
偶現全身來世上早留愛女在天
邊靈蹤來往原無迹夢境分明豈化煙我有玉真慈母

感白雲遇處悟仙緣

多少仙才併一身脩然吐屬絕纖塵雲鬟對鏡偏憂國

庚子兩宮西狩悲形於色情見乎詞

鐵幹憐香出至仁

見折巨枝梅花者賦詩惜之

不沒前徽尋片壤

為周丁兩夫人營葬賦詩誌感仁至義盡

常將時食薦雙親

時至法相祠堂並有李太淑人生日作

豈徒掌上珠多淚忠孝由來發性眞

愛女時從夢裏逢文窗猶復露眞容江開帆影舟安穩簾角眉痕黛淺濃道服未攜青箬笠仙居早擁碧芙蓉右台不是尋常地

女公子葬右台山

已到蓬萊第一重

高樓黃鶴接金閶汴水淮流共瀰茫仙蹕飛來尊有酒

仙蜨屢見有多至數十者好花齊放蒂同芳並蒂蓮蕙之瑞疊見六時身有雲霞護萬卷家傳翰墨香休自搊謙說初學第一卷爲初學集直推巨擘在錢塘

民隱都關念慮縈天心隨處默通誠甘霖應禱晴霑足鄂中久旱不雨五月十八日默禱後即時大雨一晝夜七月再禱亦然春水奔流棹暢行由杭至蘇水淺舟膠忽得暢雨即時前發鶴聽偶傳佳句出樵歸時問好山名山居詩尤多又有詠漁樵作燭花開處知仙兆女公子生日設祭燭花結實大如桃李莫聽東風杜宇聲

丁卯年登丁卯橋已聞法曲奏層霄同治丁卯琪年十九回杭應童子試與姻世年伯母令兄子原觀察並撥芹香嘗因觀察得讀佳什排雲眼底窺全豹垂露

毫顛忝續貂自昔天孫工織錦由來秦女解吹簫鋪張不事甘儒素婣世年伯母生朝屏除供億往來所至皆然內助先將玉鼎調志多慷慨意纏緜鴻案相莊句更聯與尚書聯句最多天女散花憑說法相侯煨芋解參禪園名藏海三山近節署有藏海園尚書所題也月過中秋十倍圓儷輿於中秋後始抵津門我愧浣花賦秋興卻勞彩管寫吟箋時承題拙作三似吟

恭讀偕園大集步古稀賜詩原韻奉題二首

長沙龔鎮湘省吾

絕妙佳詞絹寫黃醅醪如飲九霞觴思親自著天香草題句時開晝錦堂三省觀風光彩筆八方紀瑞富珠囊

情深最是含眞集題詠仙蹤意更長
蕊竹欣隨使節來桂樓風景勝蘇臺雅音不減唐人韻
房樂能將楚俗培舉案芳型嗣粱孟和羹佳兆協鹽梅
温柔敦厚倡詩教誦讀應當日百回

恭讀亭秋館詩鈔謹題二律以誌欽仰

山陰周和鼐調之

開編字字皆珠玉想見名門令範貽直以兩閒清淑氣
蔚爲一代性靈詩和羹善助尙書績詠絮愴懷愛女詞
豈但宣文家學擅至情卓識亦吾師
二南半是天倫語小雅兼多時事憂鳳管雙聲諧律呂

集中多與貴陽師聯吟賡和之作麟經大旨括春秋集中有春朝曲從秋調歌二篇知蘭芷清芬播悉本蘋蘩內治修如此才華如此貴金閨當代孰堪傳

謹題亭秋館集錄呈訓正

丹徒包安保 柚斧

獨得西湖韻花從筆上生佛仙參夙慧兒女獨鍾情巾幗鬚眉勝清才豔福并夫人吟大雅樓閣月光明

恭讀師母許夫人大集謹賦五律二章以誌欽仰

貴筑嚴 儼 晴初

清得乾坤氣江花筆底生雙聲詞譜出集中與尚書一聯句最多

品集哀成憂國形歌詠思親見性情滿腔忠與孝聊借作詩鳴

尚書資內助十載領封疆　國事恆多感艱難已備嘗

雪鴻歸卷軸風鶴慨滄桑怕讀山中句蓼闈意更傷

題辭二

貴陽尙書同年又以淑配亭秋夫人近作寄示欽佩之餘更題二律　仁和徐　琪花農

純臣抱負大儒心卻現雲鬟對玉簪絕代聰明前世具憂時感慨與年深姻世年伯母書感四首憂時憤俗情現乎詞眞純臣心迹大儒梗概也經綸偶露裁花竹酬唱相諧對瑟琴笑我山窗三似句也煩法曲譜新吟承賜題拙作三似吟今刻集中

頻年俗耳得鍼砭好句尤欣歲歲添滿院花香籠茗椀沿江山色撲珠簾久思借隱臨橋滸尙書於杭城裏橫河橋築室名曰借園集中有上梁誌喜詩早薄時妝倚鏡匳翊贊中興元老助全憑

雪絮佐梅鹽

題辭三

述懷用仲妹初度感懷韻

仁和許祐身子原

秋來溽暑未全清聊寫羈懷託管城心怯湍流慚擊楫年過耆艾漫稱觥閒居潘岳惟安拙抱病嵇康累養生自是

聖朝隆選舉明揚何以達公卿

舊游回憶玉河濱姻婭相依閱幾春畫省分曹頻草檄蘭臺封事達楓宸一麾出手漂搖感十載長安法政新籬鷃低飛何足道不妨隨處寄吟身

征帆纔卸駐南昌，又整輕裝飭紀綱。西望廬峰思蠟屐，東來鄂渚泛沙棠。庾樓話舊搖紅燭，謝墅聯吟付錦囊。容易秋風起天末，蒓鱸那不劇思鄉。

玉音昨自楚江傳，爲說靈奇閬苑仙。鏡裏曇花神若即，樓頭蘧蝭夢初圓。蘭階已兆宜男瑞，筠管長留憶女篇。回首聯牀風雨夜，相看華髮近衰年。

臨別口占次亭秋仲妹韻

椒銘芍頌早傳揚，鮑左清芬足抗行。覿面乍驚容色悴，關心不覺客程長。對牀聽雨憐多病，異地看雲勸返鄉。何事相逢復相別，離情長繫抱冰堂。

今來下榻楚江濱去歲銜杯吳苑春猶憶宣南同卜宅
遥瞻斗北近依　宸雪泥鴻爪星霜换玉纛牙旗氣象
新獨我風塵嗟擾擾幾時雲水乞閒身
梧岡鳴鳳應歸昌南紀風行網在綱道韞才名工柳絮
元瑜書記頌甘棠洗塵樽酒留三日贈别詩篇載一囊
適館授餐情意厚渾忘作客滯他鄉

仲妹寄示元旦和章因次原韻並題亭秋館詩鈔

春花秋月本天然彩筆拈來分外妍千里江山懷木末
一編冰雪展燈前含真圖罷留題句望遠人歸索和篇
苦勸阿兄歸故里明湖垂柳已飛緜

恭和姑母大人重九日見仙蜨詩謹依原韻錄請慈誨

仁和許綏之季履

風風雨雨紉蘭堂欲倚欄干過砌旁勁節傲霜性高介（院有盆菊）羽衣凝雪態輕揚（蜨色金黃比之以金雪）綺仙不食人間火金粟如聞天外香（時桂花猶香）爲報江南春信早依稀鶴舞與鸞翔

題辭四閨秀

紅閨獨坐鎮日無聊敬賦奉懷恭呈誨政　姪女之引抱珠

蓮漏聽殘意似煎回思別況不成眠背人時灑懷鄉淚
腸斷天涯若箇憐
更憶髫齡嬉戲年嬌癡左右每隨肩關河迢遞音塵隔
惟盼紅鱗錦字傳

外祖姑母大人出示詩詞謝庭詠絮惆悵含眞長
樂聞鐘繫懷京國忠愛悱惻之意悉見詠歌欽服
之餘謹題四律兼以送別　德清俞璡佩瑗

愛澤長淮更大吳珠幢繡幰慰來蘇纏緜忠悃懷　金
閨俊逸文心鑑玉壺　芝誥雲霄銜彩鳳蘭舟煙水訪
蓴鱸應知餘事工詞翰模範名山入畫圖
林下風標數大家不矜黻佩屏鉛華毫端清聚湖山秀
心迹空依佛座花香絮著衣懷謝女新詩代柬答秦嘉
一編漱玉傳佳詠豈獨賢聲衆母誇
娟娟黃竹隕嚴霜倚枕清宵昔夢涼自送仙姝歸絳闕
遂教阿母謝靑囊沈檀薰像經年憶翠帶牽愁踠地長
誰與傳言忉利去一杯沆瀣遞瓊漿
慈雲兩載覆金閶時屏鳴騶過草堂春水蘭橈尋勝蹟

清談茗椀每斜陽不嫌翦韭盤飧薄祇覺論詩逸興長
行卷留題兼話别惱人柳色黯河梁

和姑母大人留别原韻　姪女許之仙仙娜

憶昔金閶駐節年追隨慈座倍相憐高堂舊雨欣聯袂
弱女吟壇願執鞭片月俄將歸棹去三吳猶頌上官賢
茱萸插鬢重陽候怕唱驪歌第一篇

恩如愛日令秋霜早有賢名布遠方繡服已看　天寵
錫荆釵仍是舊時妝錦箋疊韻聯風雅玉案齊眉祝壽
昌盼得從游湖畔路蘇隄佳處聽鶯簧

君姑大人賜讀雪窗感時作敬步元韻勉成一律

子婦姚巽伯婧

物換星移又一春花非六出也超塵數枝梅萼催詩興
幾處烽煙苦萬民國病奈無醫藥治家清自有謫仙因
問安切盼雲軿至再向庭闈啟絳脣謂先姊含真仙蹟事

並蒂蘭獻瑞賦此呈君姑大人慈誨

楚畹纖纖第一香素枝並影自芬芳移來幽谷清高品
開到華堂雅澹妝月下雙妍連理態風前相映合歡裳
頻年佳兆非無意知是瑤臺乞玉漿

戊申四月舟中敬步君姑大人韻

麥秋天氣赴征軺爲戀湖山敞綺寮好鳥枝頭啼不住

牧童牛背自生驕書成鸞紙無佳句采得新茶試煮燒月入篷窗明似畫漁樵一曲謾句挑

君舅大人壽辰前三日有翠蝭二十餘飛繞桂樓前君姑大人以詩記之敬步元韻

正是椿萱綠蔭長兩行紅燭燿光芒料知此日斑衣舞未減當年翠袖揚彩色飛時依畫閣天香深處薦霞觴預爲慶祝緜緜意不遠曾傳慰北堂自紋姊仙去後往往化蝭慰親靈蹟真切已詳君姑稿內巽曾夢姊在雲霧中欲勸歸日好在不遠

君姑大人五秩晉一壽辰謹獻一律

紅燭雙輝裏和風愛日新樽開浮瀲灩花發頌長春蘭

蕙欣同蒂常得並蒂蘭椿護福並臻鏡中留異迹未失捧觴人於攝影上見紋姊眞靈頗肖

題辭五 閨秀

滿江紅

外祖姑母大人將返杭郡瀕行以大稿賜示莊誦

循環恭題二闋錄呈慈誨

德清俞 玫 佩珣

芍藥名篇數林下高風有幾況煙雲落紙江山都麗詩餘兼工繪事漱玉詞宗閨彥奉飛瓊仙籍前生是負清才慧福證雙修劉樊侶 金闕叩清虛地斑管寫纏綿意羨江花夢醒全收腕底綺句都含慈母淚瓊章如誦金鑾記稿中多含眞憶女之事玩斯篇端合付青鸞瑤京寄

其二

冰雪襟懷已早顧鹿門遁迹看長安滄桑棋局杞憂徒切甯壽温綸邀寵問咸陽烽火曾親閱歎忠貞今竟屬蛾眉誇奇絶　高潔志林泉癖豪邁性珠璣筆喜金荃新製許窺妙墨一片歸帆低雁影兩年吳市留鴻雪覺離觴未舉已消魂情難竭

亭秋館詩鈔卷一

錢塘許禧身仲䕶

初學集

月夜即事

月漾簾波似水紋酒闌歌罷覺微醺羅幃乍展紗幮掩還把沈檀細細焚

秋夜即景

露井蟲吟夜色深窗移花影月窺琴淸宵酒後難成寐隔院風微送笛音

詠梅

疏影橫斜映夕陽湖風過處送幽香相依卻喜林中鶴耐得嚴寒共晚芳

蘭

披飛濬影拂銀釭九畹移來供碧窗相對素心如解語天然逸韻本無雙

竹

新秋庭院碧沈沈翠袖驚寒力不禁香燼煙銷簾未捲萬竿涼影暮雲深

菊

生成傲骨本難求豈與凡枝作等儔歸去莫嫌三徑晚

猶留佳色占霜秋

冬日湖上即事

西湖佳色雪中妍飛絮平鋪薄暮天漁子投綸波不動
茅廬深處起炊煙

春月

嫣紅姹紫鬬芳妍春色宜人月上弦卻喜嫦娥來解意
移將花影過窗前

月夜懷靜宜姪

寂寂簾籠隱隱燈深宵宿鳥忽飛騰思君懶看中庭月
千里應同玉宇澂

去秋相别近重陽今日回思情倍傷清夜月華明似水
蘭閨誰與話更長

畫樓西畔拍紅牙乍聽聲隨玉漏賖深夜愁多難入夢
縱横桂影月初斜

乍見相投未易求羨君性格自温柔依依數載情無限
爭奈陽關去不留

春雨懷綵裳嫂

春深微雨暮時天柳色添陰澹澹煙滿目離愁收不起
惱聞隣院打鞦韆

夜深望月有懷綵裳嫂

無端分手是初秋一曲陽關不自由記得夜深明月靜
藕花香處蕩輕舟
香盡煙消夜色闌雲霄雁過月光寒天街漏鼓沈沈寂
燈下家書幾度看
綠楊枝上又成陰往事思量不可尋記得金閶分手日
淚痕頻涇碧羅襟
蕭蕭落葉已秋寒細雨簾纖獨倚欄忽見雲天飛雁陣
煩他傳語報平安

月下海棠

輕紅淺白鬬芬芳月下偏成絕世妝花意也知人意澹

伴儂清夜聽更長

客舟

夢魂乍覺漏方長閒倚蓬窗情自傷記得故園銷夏日
水晶簾下獨焚香

靜兄由汴寄詩次其韻

乍解征帆客路中無端一別各西東雁行聚首知何日
料得離愁處處同

酒後書懷

夕陽西下月將升相對金樽感易增醉後不堪懷舊事
一星螢火夜如燈

重陽夜作

東籬霜重菊初新悄倚雕闌月滿身試問諸兄當此夜登高可念遠遊人

聽雨

一雨饒秋意簷聲送晚涼繡餘傾聽處琴韻答鄰牆

對菊

瑟瑟西風深閉門月移花影伴黄昏劇憐佳色隨人澹斜倚秋窗一縷魂

詠梅

獨占羣花首堪欣色更芳不愁風雨妬豈惹蜨蜂狂窗

外溶溶影爐中裊裊香疏枝斜印月永歲伴蘭房

燈花

團團彩色如華蓋隱隱霞光滿室紅但把深情隨夜月
不同桃李怨東風

一枝紅綻碧紗旁不與羣芳鬬豔妝每伴深宵青玉案
花光燈影兩輝煌

戊子冬日口占

膝下依依不解愁卅年荏苒住杭州無端一曲驪歌起
拋卻閨中舊綺樓

曉日微烘繡閣前丹青一卷獨流連金爐裊裊香煙起

嬌婢殷勤捧硯田

搜索枯腸懶詠吟繡閨閒暇度金鍼夕陽無語將西下

何處寒風起暮碪

病體新瘳倦整鈿輕霏玉屑小階前愁中怕弄梅花笛

一曲清歌半不全

小病纏緜不耐風重幃深處一燈紅羅衾倦倚偏無夢

臘鼓頻催隔院東

望月有感與筱石聯句

月色淒清花影搖夜深風過葉蕭蕭亭秋雕闌屈曲凭

都徧玉鎖葳蕤夢豈遙筱石紅燭燒殘人意懶綠窗吟

罷客魂銷亭秋 雁聲嘹唳雲端裏可爲霜天慰寂寥筱石

月下對飲

三五團圞月筱石 清宵興倍豪花香馨滿坐亭秋 酒綠令分曹宦味浮雲澹筱石 琴心流水高夜涼人不寐亭秋 乘醉一拈毫筱石

冬夜聯吟

夜闌人靜度良宵亭秋 柏子初焚絳蠟燒屏掩猩紅香隔座筱石 杯傾螘綠疊同澆圍爐細話鄉園景亭秋 敧枕寒生渤海潮落月照窻詩思寂筱石 簫聲一曲漏迢

迢亭秋

冬月有感聯句

更鼓頻催歲暮天夜深無事拂吟箋亭秋　金爐鴨暖浮香篆玉柱鵾寒試錦絃筱石　侍婢殷勤烹活火亭秋浮生無賴感華年筱石　何時同泛歸來棹亭秋　一憶西湖一惘然筱石

庚子之難時居京師聞　兩宫蒙塵感賦

翠華西幸萬民驚九國連雞逼　帝京本欲捐軀猶未決奈何女幼繫儂情

倉猝移家不擇棲小園寂寂草萋萋通宵聚坐愁君國

烽火連天月漸西其時與筱石壻兄紋女敘坐
顛沛流離一載中光陰似電又秋風蓴鱸雖動思歸念
惜别情懷兩意同
勸君珍重勉加餐無限離情欲寫難若慮深閨懷遠道
頻將魚雁報平安議和不果筱石勸余先回杭後未行

詠留園

飛香高閣入雲霄一望雙旗拂拂飄最喜太平風景好
輕敲畫鼓鬧元宵
高臺遠與柳隄平滿院風涼百草生最是花王高品格
不同凡卉鬭輕盈

紛紛細雨落庭階屋後春光麗小齋卻怕風姨多作惡

花幡親製早安排荷芳書院屋後多花草兒輩以紅綠生綃作旗護之

清宴園即事

輕風裊裊養花天春酒荷芳列綺筵對岸梅梢飛細雨

隔牆茅屋起炊煙

漁

春日融融春草香小橋隱約白雲鄉垂絲獨釣青溪石

舉網還拋碧水塘紅葉渡頭歸浣女綠楊隄畔隱漁郎

沽來美酒烏篷敞一曲高歌醉夕陽

樵

白蘋風起早秋涼，疊疊青嵐山路長。踏徧溼雲雙屐滑，拾來紅葉一肩忙。倦時且坐拳拳石，夢醒還看小小莊。高唱樵歌歸去晚，月明荷笠上高岡。

耕

煮飯炊薪仗老妻，忽聞徧野曉雞嘶。柴門初起兒攜鍤，麥隴同耕弟執犁。乞得甘霖春水足，望他秋日稻芒齊。官租完卻欣稱幸，醉訪鄰翁過小溪。

讀

魏晉詞源到宋唐，古書滿架列成行。村居課讀疏籬短，山郭閒吟松徑長。彩筆漫題紅葉句，青藜緩步綠雲鄉。

歸來明月當空照，燈下揮毫詩興狂

紋兒

丰神皎潔玉亭亭，氣質如蘭體自馨。折得名花隨意戴，臨窗獨坐寫丹青。

書懷

清游回憶興猶酣，蘋末相思月滿潭。未卜秋風何日轉，片帆送我到江南。

並蒂蘭

幽香豈受俗塵侵，幸遇高人挈伴尋。不愧靈根生九畹，更欣雙蒂結同心。名花對影因風舞，秋月重光帶露臨

每到憩亭一眺望如將禊事續山陰

並蒂蓮

平明信步繞芳塘傍柳隨隄過曲廊湖比鴛鴦還共泛
亭開荷芰自相莊出塵不染雙心潔並影同看佳興長
我本愛花花對語頻將佳兆祝禎祥

題某夫人散花仙女囘紋錦扇圖

縹緲峰頭第一仙香風飄拂起雲煙乞將大士楊枝露
沾溉清池朶朶蓮
紫陌紅塵駐錦車羽衣鶴氅映流霞汲來不老天泉水
徧灑人間並蒂花

茶竈丹鑪手自煎感他靈藥可回天欲酬扁鵲名醫意
妙格簪花細細塡
筆端飛舞意玲瓏百首新詩點染工花蘂宮詞蘇蕙錦
多輸團扇碧紗籠

亭秋館詩鈔卷一

亭秋館詩鈔卷二

錢塘許禧身仲蘐

和淚吟舊有哭女三十六絶已編列松壽堂詩鈔卷十偕園集中茲不另錄

江輪悶坐千頭萬緒悲從中來勉吟五絶誌感悼女

側坐棺前獨自論長江風景伴黄昏迴思十七年中事珠淚盈衫盡血痕

堪歎癡心候汝臨仍留半榻覆羅衾宵來慰母猶依側夢醒腸迴感不禁

終日懨懨眼倦開短箋一幅手親裁傷心怕看沿江景

幸得游魂入夜臺

計程將已抵吾杭失卻明珠最可傷去日苦多來日少那愁兩鬢漸如霜

勸君珍重勉加餐似此愁腸欲寫難開到嶺梅歸去否好憑驛使報平安

乙巳冬夜昭慶寺諷經作

一片彌陀起梵音孤燈風定漏沉沉凄涼古寺思見苦仰見雙親入夢尋夜夢雙親醒時卽接汴信述請封事

書懷

流水光陰屈指彈日長如歲勉加餐含愁欲寫胸中苦

手執尖毫下筆難

無聊心緒恨悠悠，晨起昏昏懶舉眸。忽覺香風依膝下，佳音和露降杭州。睡中覺蘭香濃重，驚起忽接汴中調蘇之報。吾知兒願父母團聚一方，故從中默佑得此更調也。

甫抵蘇垣筱石出詩勉和元韻

乍見還疑夢，凋零歎膝前。屏除閨閣樂，難卻鏡臺緣。執筆詩情湧，攤箋淚滴漣。回思山內徑，月下獨迴旋。

又

記得于歸日，光陰在目前。腰圍驚帶落，鬢影歎霜連。已盡名場念，還留舉案緣。西泠春色好，即此錦衣旋。

又

處此黃粱夢干戈恐目前愁多添病劇禍結苦兵連勿
戀權樞貴難忘翰墨緣歸山一漁棹風送片帆旋

和筱石韻

風逼嚴霜漸入寒千頭萬結解憂難爲女料理葬務朝衣久戀
還愁重布褐隨身不覺單碌碌紅塵何日了茫茫仙路
那時安春同惟願歸來早暫解愁眉家慶團

由蘇旋杭舟中作

桑田青翠兩隄長月色如銀波不揚茅舍雞鳴驚曉夢
香風護送抵錢塘由蘇返杭舟中常聞降香蘭花等香想係吾兒沿途相依護送

凭徧蓬窗心黯傷一舟如葉布帆揚多情最是清宵月
伴我思兒聽漏長

仲秋入山爲兒營墓

玉碎珠沉已一年凄涼古樹墓門煙不堪此境何曾曉
明敏丰姿了我前
十七年來似夢中一棺安厝右台東迎來兩母當慈愛
定卜憐兒與我同筱石前室周丁兩夫人亦同葬右台
庸醫誤汝實堪傷切切思量那日償眼看青灰化蝴蝶
紛紛血淚泣枯楊

小病

時值中元月在天不知與汝幾時圓幃前獨坐心頻禱可有靈霄玉旨傳

冰簟紗幮夢不長病中風雨惱人腸青燈如豆明還滅耳聽鴉鳴現曙光右台營墓徹夜不眠惟盼鴉鳴則知黎明矣

不料宵來睡略安思兒權作夢中看窺窗明月微微亮隔戶雞聲驚夢殘

山中悼女詞舊稿別爲一卷茲與前詩合編

乙巳冬夢中郎事

十二年來不見親次女故已十二年昨宵與姊同來夢中隨姊定昏晨青絲低挽雙鬟結仙髻雲裳恰稱身夢兩女皆披鶴氅梳前髻

述懷

人身禍福本難量前事重思夢一場日照冰花安得久霜棲枯樹豈能常紅塵碌碌何時了苦海茫茫那日償願乞胡麻一缽飯依兒同坐聽霓裳

憶女

昨朝聞汝侍重堂玉液瓊漿奉膝旁能否清宵通一夢爲兒親手整仙裳前得汴信夢兒與生姑同居

長夏由吳返浙舟中不寐

兩鬢新添數點星何其膝下太零丁蓮花滴盡偏難睡小婢垂頭倚畫屏

微微霽色現朝陽畫舫輕舟過藕塘遥望青天何縹緲
白雲深處隱仙鄉

結轖柔腸若亂絲强扶病體獨操持明朝青草祠堂去
再視横棺痛不支

右台懷女

思量往事最心傷膝下承歡孝意良僕輩感恩時念主
凄凄痛淚泣墳堂兒性最孝余偶有不適必日問數次而僕輩間或有過則恕而置之時已一年伊等尚念及而泣

一縷清香掩女墳滿山黄葉亂紛紛杜鵑啼血聲隨淚
紙帛凄涼燭自焚右台安塋時各親友皆聞有奇異之香紛紛撲鼻而來

四野雞聲初報明，曉風殘月伴棺行。惟思早了紅塵夢，何必還留鬱鬱生。

獨坐山前黯自評，枯枝日影亂縱橫。此心久絕繁華念，願與兒曹返玉京。

記得雙珠幼小時，手神如玉蕙蘭姿。伶仃學步承歡日，斷盡迴腸寸寸思。

曲曲峰腰松徑長，淒涼風景斷人腸。一坏黃土埋珠玉，數點青山半夕陽。

風送行雲日漸冥，遥觀山色四圍青。心香一炷墳前禱，塵夢怱怱那日醒。

世間幻景總難常何故催人太覺忙冷落庭闈淒寂處病中湯藥遣誰嘗

遊魂昨夜入黃粱復見嬌兒倦倚牀夢見倦倚繡衾天外歸鴻驚曉夢淚痕點滴繡衾旁

詠蜨

雙翼含風青草香平分五彩色生光飄然飛過山前去舞態蹁躚帶夕陽時過霜降山前彩蜨日必數來其中以黃色居多

法相祠堂作

自覺年來力不支逼人事事總難辭回思幼小依親日觸動柔腸似亂絲

銅壺滴盡一燈青晨起開匳數卷經老境無聊吾自曉
何人小步再趨庭
獨憶兒時學步成丰姿如玉體晶瑩不期竟被庸醫誤
此恨緜緜那日平

夜夢兩兒彩衣長袖笑侍膝前

偕妹珊珊謁母來彩衣長袖稱身裁因思此夢原成幻
暫慰悲懷眉黛開

丙午初冬山中夜吟

一鉤新月露霜棱雙桂祠堂寂寂燈檢點平生經歷境
年來心緒已如冰

日坐山前伴汝靈視他村子伐樵青朔風撲面寒生骨此際悲懷若慣經將近冬至獨坐山前視工旁侍惟男女僕耳

山色青青望眼中寒深空谷景微濛鷓鴣有淚嗁秋雨白鶴梳翎傍老松江上芙蓉增色媚籬邊殘菊傲霜濃雞聲驚破朝來夢鎮日生涯付轉蓬

有感

事如蝟集強支持無限悲傷十二時願禱天公歸我早與兒同返碧蓮池

久雨不晴

緜緜春雨灑窗前心事渾如百沸煎自覺一身無大過

欲將此恨問蒼天

接汴電知調補蘇撫悼女有感

忽聞佳耗出金梁，回憶前情反覺傷。膝（女在惡汴中風土日思回南）下凋零誰是伴，淒淒風雨斷人腸。

丰姿綽約貌淩波，膝下承歡顏色和。終日思兒腸百結，昏昏雙目淚痕多。

記曾申浦繫扁舟，半幅衾裯爲汝留。不料深宵聞友語，仙雲縹緲起樓頭。（姪女仙娜夢女從縹緲樓閣中來）

丙午初冬右台山營墓

最恨庸醫誤憐兒，一病殤。斂容卻塵世，含笑整仙裳裴

几書函亂空閨繡榻荒昨宵風雨夜湯藥侍親嘗冬至在山營葬夜間咳嗽甚夢女持藥一盞與余服次日卽愈

長夜寒偏重年來疾病增冰凝窗下硯風弄案前燈舊景悤悤過新愁脈脈仍嗽聲難入夢權作坐禪僧

又

木落煙昏暮掩門淒涼景況黯銷魂髫年婉孌隨親日膝下依依態最溫兒性最順無一事不隨余意

速我餘年卻自知日來悲悶半如癡此心久絕塵寰念出語偏多酸苦詞

拈得尖毫萬念冰寒更聽盡對殘燈珠宮朶殿知何處

雲掩仙山那日登

野寺鳴鐘夜氣昏飄飄風雪不生温擁衾和淚尋兒夢

佳節深山欲斷魂（連日雨雪交霏見景思兒）

傀儡場中西復東傷懷幾度付詩筒從今滴盡思兒淚

江水能窮淚不窮

憐他孝意總纏緜況是分飛各一天欲向空中覓仙蹟

畫圖展處獨潸然（含真仙蹟皆夢中仙境也繪圖以誌女靈蹟）

步盡長廊夜倚樓月明更覺懶擡頭從今檢點年來苦

最怕聽人說汴州（兒没於汴梁節署偶聞人說汴事不禁泫然矣）

强支弱體展春風每恐呻吟一笑中尺幅含真重閱處

數行清淚溼枯桐兒病時余每詢其病體如何兒笑曰誰無小恙不日當可痊愈母勿憂也

悲腸都付數行詩黃絹青箱哭女詞膝下自憐零落甚

枕函淚血幾人知余詩大半憶女傷懷

南山營葬

卜得佳城錦繡峰孤山梅鶴鳳山鐘自思他日還堪慰

西子湖邊一墓封余自留生壙其中他日得與女相見聊自慰也

眼看村童奔走忙杖藜扶我過墳旁白雲衰草迷山閣

紅樹青山挂夕陽在右台營造墳墓余時到墳前流連野景監視工作每至夕陽西落始回祠堂休息

天外鸞車何日到鏡中鴉鬢已如霜疎鐘古寺驚塵夢

無限傷懷問彼蒼

丙午深秋南山祠堂

獨坐深山宥復晨淚縈雙目共眉顰卜來吉壤埋兒櫬留得佳城寄我身紅葉數株迷野閣青煙一縷隔城闉夕陽澹澹將西下老境渾如出世人

丙午冬月廿八日即事

流光泡影一年過血淚看看委逝波謝絶兒時諸戚友連朝閉戸念彌陀 兒生忌誦經三日閉戸謝客

此身飄泊幾時安冷落庭前暮鼓寒和淚爲兒資冥福茹齋三日設香壇

廿九日兒生辰在橫橋誦經三日

遠隔仙凡兩地牽光陰流水箭離弦今年霜冷西湖月
去歲靈歸兜率天

兒生辰日供燭結花大如桃李

雙結瓊枝紅玉華紗籠錦幔不須遮攜來仙島慈雲蘂
幻作華堂慰母花瑞氣團團光閃彩輕煙裊裊色生霞
長空鶴唳香風過今日重停七寶車

臘月初五日夢兩女來依膝下

念兒一體本同根不料輕拋養育恩卻喜宵來還入夢
雙雙膝下定晨昏

月餘僻處在鄉村終日含悲對墓門到得宵來風雪至
蕭蕭落葉被難溫時已仲冬山中萬木凋殘冰凝霜結寒氣逼人
山閣嚴寒曉復昏自知在世總難存鄰雞喔處更籌寂
驚破淒涼夢女魂夜夢兒如生承歡膝下鄰雞喔處殘夢驚回淚紫衾枕矣

山中思女懷遠即和筱石原韻

別後旬餘日深山草徑長眼觀亡女墓心念遠人裳睡
少容顏改愁多筆墨荒堪憐垂暮境紅葉恐經霜
因卻嚴寒暮掩門坐觀新月似眉痕深山萬籟風吹葉
傷盡淒涼思女魂

夢中即事

夜靜長空月一輪强支病體獨馳神夢魂顛倒驚疑處
環珮珊珊笑侍親是夜夢見衣古裝含笑依膝下

自悼

此身潦倒已如塵病體添來舊與新今日山中先自誄
他時誄我是何人

世事隨風葉人情豈久存堪憐愚女苦此意向誰論

橫橋病中自述

歸後反多病孤燈聽漏長擁衾愁夜永懸帳懼風涼簷
外桐鳴雨窗前樹有霜窗外桐聲如雨惟將不盡淚輾轉結悲
腸

右台工作將次告竣時值仲冬勢難久住山中心又不忍捨之而去悲從中來夜不成寐窗外月明實倍增惆悵强占七絶四首焚寄吾兒一覽

窗外清輝瀉冷光蟲吟階下斷人腸雁聲嘹嚦雲中過今夜傷心碧草堂

金爐裊裊起清香樹木凋零滿目傷無奈含悲歸去也霜凝冰結別墳堂臘八後一日前往墳堂作別擬束裝旋蘇度歲矣

青巒深處翠排松隱隱遥聽古寺鐘今日淒然別汝去愁生情海與眉峰

蕭瑟秋風山景寒凋零膝下雁行單不如早棄凡間境

塵夢焉如鶴夢安

長至夜思女

挑盡殘燈坐盡更一腔心事亂縱横今宵徧野皆歡慶

惟我淒涼夢不成

亭秋館詩鈔卷三

錢塘許禧身仲蘐

蘇臺集

悼周淑卿丁蓮漪兩夫人

攜來雙櫬作新墳弔往追今暮色昏西子湖邊埋玉骨南高峰下掩芳魂兩夫人筱石前室也迎來與女合葬於右台山

再悼周淑卿夫人

標梅初過賦催妝百輛車迎出畫堂拜別雙親知敬戒從今艱苦為誰嘗其時筱石尚未出仕家計甚窘

卻扇羞窺舉案郎靜調琴瑟兩相莊最憐共伴雞窗讀

繡翦銀鍼翠袖揚貧賤糟糠雞窗伴讀親操井臼之勞夫人皆任耳

再悼丁蓮漪夫人

靜處香閨十九年感將阿伯最垂憐雀屏代中乘龍壻花燭雙輝玳瑁筵時筱石贅姻於夫人之伯父丁文誠公督署中堪歎于歸甫一年孟梁情重兩相牽求名不道催人促從此分飛離恨天春闈赴考筱石買棹北上夫人郎病至春風報捷夫人證已增重不復再見矣

夢中歸省

試問瑤臺第幾仙塵凡不戀占人先輕拋阿母歸眞去高閣瓊樓敞綺筵

山中和筱石韻

滿山紅日不生寒身著重裘那覺單君在蘇臺儂在浙頻將寸紙報平安筱石來函皆屬早回蘇署恐山中太冷

書來錦字細丁甯未可初冬學踏青紙短情長言不盡殘灰撥處火星星

傳來一紙報安甯山閣生春萬木青冬日夜長更漏永愁看殘月照空庭

宵來坐對一燈青頻禱君家睡夢甯聊慰右台山内客莫教長夜倚窗櫺

述懷

古云不仕一身輕欲罷還留戀此名目下霜花飛滿徑
盼歸又待聽春聲
干戈滿地漸紛紜朝事無憑不忍聞安得清瓶能濟世
乞將甘露浣塵氛

長夏憶女作

無端拋汝赴吳江終日凝眉倚碧窗清潔祠堂誰是伴
蛙歌蚓笛不成腔
汝父年華將白頭無聊心緒强相投通宵細雨絲絲落
身在吳江念越州

祀竈後一日馬醫科巷弔曲園老人回途次得詩

四截

臘鼓家家祀竈神八旬春在不逢春悠然含笑歸眞去古佛昇天棄世塵是日立春

宦場心澹不爭名萬卷牙籤了一生留得文章千古在孫曾繞膝繼家聲

早歲常存弟子心愧難執業附儒林今朝展拜靈幃側仰望遺容感不禁老人乃予嫂之父予心實生敬而未師也幸幼時曾從嫂課讀

萬木凋殘起暮雲延生無術喪斯文魂歸溫愛山前路重聚泉臺德曜墳墓門有溫愛世界四字

除日心緒無聊偶檢舊藏茶甌忽得清水一盞或

亦吾女有靈以甘露療余嗽疾耶將斯露徧飲在座諸人及媪婢因成此詩

半百年華潦倒辰連朝送歲與迎新何來天外瑤池露勉慰蕭條暮境人

除夕不寐

厭聞人語更囂囂臘盡光陰暮又朝爆竹通宵催歲去夢魂顛倒浙江潮

元日出遇僕輩折巨枝梅花心殊可惜

旭日東昇轉綠蘋橫斜疎影膽瓶春愛他豔質欺寒雪惜彼瓊葩落輭塵和靖種花名士態壽陽點額內妝新

拋殘未忍簪雙鬢賞到寒梅勝異珍

强展雙眉對綺筵寂寥心性拂雲箋正逢元旦清明日
難慰浮生暮境年幻影悤悤留夢轂悲腸鬱鬱付詩篇
驚回一枕黄粱熟免卻仙凡兩地懸

新正三日和筱石韻並懷女

歲去星回萬象新雙輪轉轉又逢春長空玉戲豐年兆元旦後連日瑞雪仙島筵開樂事親除夕午後檢點舊藏茶甌轉瞬得清水一杯徧飲在座諸親友少歷人間銷浩刼重歸河畔證前身思兒心是霑泥絮坐對寒窗黯出神

樓臺玉飾粉妝新萬户歡聲動地春世上胸懷時落寞

夢中消息總難親詎求佛國延生露願棄人間不繫身
仰望雲山何縹緲一腔幽恨對遺神

對梅懷女疊前韻

玉瓶疏影一枝新豈讓羣芳占早春久耐歲寒將雪傲
常依暖閣令人親汲來清淨地中水聊慰龍鍾世上身
綠黯紅愁兒不管仙山雅集款諸神
滿山風景又更新數點梅花報早春故里遥憐雙女墓
仙居猶幸一家親幾時得轉蓬萊路何日重抛傀儡身
情短情長皆幻境但將軀殼付傳神

春日和筱石韻

且隱吾鄉佳芷蘿間居山閣暫時過人情反覆船遭浪
世運循環馬轉坡爲國羨君懷抱永愚兒愧我淚痕多
還睜睡眼權相候平盡風濤退盡波
自慚補屋試牽蘿霎眼光陰一瞬過宦態更翻風落葉
飢民如徙蟻盈坡聽來春雨緜緜落添得詩腸轉轉多
堪歎此心無所寄祇隨流水逐清波

和叔兄由贛寄詩原韻

兩袖清風政策良吳中化日正舒長棠陰處處留鴻爪
蘭玉森森列雁行因賦朝雲飛畫棟難拋故國念蒓鄉
料知客裏饒清興一曲瑤琴月下觴

仲春庭蘭又得並蒂花

澹泊胸懷名士襟結來清畹更同心香生雲閣雙肩韡韻繞蕉窗兩意沈淮浦名園會發秀金閶春院又成陰花仙何故偏多戲費我推敲獨自吟

懷女並和韻

髫年雁序竟雙飛若慰椿萱每夢歸塵世重臨摩詰畫庭闈再舞老萊衣憐余近日心情減望汝他年甘旨肥一曲霓裳須罷奏閒階仰望暮雲稀

二月朔日　生母李太淑人及次女穎兒忌辰

寂靜閒階淚滿襟思親悲女總傷心春光何故嚴霜烈

長日偏多陰雨侵俯案執毫書貝葉對窗開卷誦蓮經
夕陽西下還思睡且向莊周夢裏尋

懷次女

猶憶嬰兒甫一周罡風底事便歸休清宵有夢還依膝
長晝無聊不醒眸挑盡青燈誰共語燒殘紅燭自增愁
雁行何日連翩至來奉慈闈跨鶴游

丁未春夜與筱石詠雪聯吟

預卜豐年兆筱石頻添韻事豪雪窗開睡眼亭秋鴻案
試吟毫柳絮漫空舞筱石梅花著色高謝庭悲道韞亭
秋梁苑感枚皋凍合留鴻爪筱石春融勝雨膏壓廬高

士卧筱石　埽徑小奚勞爐點香烹茗亭秋　旗飄濁買醪

神通獅象戲筱石　泠傲竹松操夜靜風聲烈亭秋　朝晴

鳥語嘈天公貽畫本筱石　題句問仙曹亭秋

春光

春光明媚百花稠鳥語聲聲嗁不休忽見絲絲楊柳碧

煩他爲我繫歸舟

昭慶寺爲紋女營齋

十七年前汝降生卻逢長至喜添嬰從今佳節愁中過

梵院淒涼夢不成

詠別由蘇旋杭舟中作

梧桐庭院晚風涼惜別無言聽漏長同展合眞飄淚點
彩毫飛處墨花香
微陰天氣布帆揚兩岸輕風舞綠楊雖有長條難絆客
一年幾度渡蓮塘
柔情如夢夢如煙寂寞愁懷年復年宿鳥歸林紅日落
一帆飛渡碧雲天
青山隱約白雲鄉細雨敲窗篷背涼碌碌紅塵何日定
雙偕同志住錢塘
初夏由杭赴蘇河中水淺膠舟忽大雨如注始得
進行

天降甘霖瀑布揚陰雲四合影迷茫果然添足河中水
因渡輕舟出藕塘

舟中即景懷女

碧塘雨灑浪花輕流水隨波慣送迎天外仙音空極目
長隄日影總牽情尖毫寫意無佳句濁酒澆愁有巨觥
夜靜扁舟風又疾一腔幽恨聽殘更

丁未六月朔值余五十初度連日歎巳思兒覺毫
無樂處先於五月廿九夜萬籟無聲簷雨滴階時
巳交子初忽見一深黃色有黑點彩蝶飛舞堂内
筱石即起用扇延之歸室供於女靈前案上次日

則仍然佇立近午老媼供飯移扇飛至紗窗余入視則又盤走作圓圈式或飛舞懷中作依戀態余心稔知兒化身因默屬曰仙凡有別豈可久戀人間抑且反傷我意也聞聲即飛至袖中依依不去隨後移置院落餉以鮮荔又半時俄聞異香數陣始見飄然飛入雲霄在座有筱石西齋七兒及黄香仙娜兩姪女及女僕數人也作五律記之

蠟炬灰將盡紅窗隱楚蕉庭空悲絮影簾靜避塵囂帶雨歸何晚乘風去轉遥彩衣飛舞處清淚濕鮫綃

蓮漏聲聲遠金爐寶篆消明霞分五色金縷聚千條繡

榻留餘迹清閨伴寂寥羽衣歸慰母雲路豈愁遥
玉露金風起飄然返畫堂詩書驚錯亂畫譜歎荒涼歸
學蒙莊幻難消護室傷飛翔臨繡戸介壽舞霓裳
待得天將曙晴光照綺寮仍然停舊室倘未返雲軿香
繞旌幢靜杯傾琥珀搖盤旋依膝下展翅入雲霄

盛夏由蘇旋杭舟中賦別

萬籟聲都靜長空月上弦整裝心黯澹作別意流連伏
案詩難就推衾夢不全惟將無盡語錦字寄纏綿

憶女

日落遥空靜瓊山暮靄沈長隄含翠色短笛和疎碪寄

語蓬萊客須憐塵世心忙中還作慰魂夢暫相尋

紋兒二周年在睦巷誦經三日有感

月缺花殘二載游白雲深處湧蓮舟觀來世路蘐闈苦添得瑤池孺慕愁化蝶紙灰微雨灑生香縣帛夕陽留（廿二日微雨擔日異香不絕）浮生如夢看將醒腐草棲螢在陌頭

補錄南山祠堂作其夜月光如晝夢境迷離因此記之

迷離幻境費疑猜一片青旗下玉臺裊裊餘香飛日影飄飄幡蓋馭風來雲邊鶴輦仙音細山內鸞輿彩仗開長夜清光如白晝悠揚雅奏出蓬萊

別蘇署小園

步盡長廊過短亭蕭疎秋色暮雲停天邊歸雁催紅葉池內游魚戲緑萍移竹復生寒倚袖分花又見錦成屏去秋之菊分種各盆今頗茂盛春初移竹日見萎頓又忽茁芽四時佳境原堪戀難撇思賢香雪廳廳本名思賢四面皆有梅花

留別

忽傳朝旨出西京蜀道崎嶇心黯驚風雨瀟瀟吹落葉那堪秋景助離情

和筱石蘇臺留別韻

小作句留且住吴擬賃屋暫住蘇郡故園咫尺未爲孤南歸欣

羨投林鳥北去愁瞻薇日烏八載宦情縈笠屐廿年鄉夢寄菰蒲斜暉返照疎林境隱約雲山入畫圖

相邀同玩浙江潮落葉催人暮雨瀟雁入長空鳴遠塞舟行淺水渡虹橋依稀青嶂朝聞磬隱約紅閨夜弄簫再譜驪歌心自感一腔愁緒繫柔條

莽莽狼烽隱九州風雲臺閣苦旁求願君權作歸巢燕弗羡飛鳴出水鷗琴鶴一肩鄉路熟煙螺萬疊客心愁年來聚散渾無定催動行旌又晚秋前歲回南送女柩安葬時正仲秋今又至其時

荻花楓葉早經霜再聽鐘聲出景陽野綠獨行窺雁陣

轉紅重踏聽鶯簧一航穩渡朝金闕萬里長征返故鄉柳色樓頭增別意夕陽鞭影兩悤忙

又和成一首

欲整歸裝又戀吳滿園落葉漸凋孤倚欄遙玩依花蜨欹枕愁聽報曉烏兩岸月迎千樹柳片帆風送隔江蒲更欣離得爭名地暫作偷閒菊隱圖

九月七日偕仙娜姪女並其女佩璇佩珣在復繫園即景聯吟

未盡持螯興聯吟在季秋夕陽低雁影亭秋碎石漱泉流佩璇雅集名園啟佩珣清談韻事留仙娜東籬花態

瘦佩瑗南國柳枝柔佩珣婕繞芳叢豔亭秋蟲鳴小草
愁佩珣沿隄風細細亭秋隔院角悠悠亭秋疏樹寒煙
補佩瑗遥空薄靄浮佩珣霜楓含醉意亭秋蘿月朗吟
眸仙娜離緒催蘭櫂佩瑗鄉心記畫樓蕉亭閨侶別桂
院晚香稠亭秋杯酒聯吳會仙娜蒲帆送客舟亭秋看
山期後約佩瑗重聚勝湖頭佩珣
旋杭期定俞佩瑗女士出詩贈別詞意悱惻余亦
勉和數章
一葉扁舟楚與吳兩年荏苒喜居蘇清談繡閣開珠箔
瀟灑胸懷朗玉壺晝寢凝香燃寶鴨蒓鄉有味戀銀鱸

閒來共慰重闈意春在堂前舞綵圖
英秀鴻才出鄭家拈詩鬬韻總清華吳邦幼失護堂草
越國常傾姊妹花梓里髫齡煩訓誨椿庭課讀教柔嘉
兩年聚首殊心折閨閣聞名眾口誇
蘇隄柳色漸經霜日落寒碪起暮涼滿紙煙雲留畫稿
數灣流水寄琴囊年餘聚首光陰速兩地牽愁別意長
三疊陽關情黯澹河梁一曲醉瓊漿
詩才雙鳳冠金閨每訪閨英赴錦堂雅集釵鈿忘入暮
分襟杯酒近重陽數枝移贈秋容澹尺幅欣吟妙句長
待得湖山花爛漫春來歸燕聚雕梁

留别仙娜姪女

憶昔垂髫嬉戲年慈闈失恃總堪憐標梅迨吉開温鏡
夫壻清才著祖鞭井臼親操重日愛趨庭禮習阿姑賢
階前蘭玉雙枝秀膝下長傳課舊篇
春花春草起嚴霜雛燕分飛各一方百輛彩輿離繡閣
兩行花燭照新妝粱鴻共舉齊眉案比翼雙鳴五世堂
自有因風吟落絮不須鸚鵡弄笙簧

秋宵不寐與筱石話别聯句共成八韻

葉落西風靜挑燈夜未央亭秋布衾難入夢角枕頓生
涼筱石别意言無盡離愁引更長亭秋瑟琴調雅奏刀

尺辦嚴裝茂苑輕舟發吳山立馬忙筱石空庭悲柳絮
秋塚感糟糠一水朝
天闕層巖返故鄉亭秋勿忘偕
老約鴻案永相莊筱石

九月初六余將返杭率子婦并蕙香仙娜兩姪女
至小園蕉亭話別菊圃聯吟殊難自遣偶聯七律
四首以誌別意

鉛華洗盡傍芳塘白芙蓉煙雨輕籠雅澹妝不與春花迎
旭日竟隨秋菊傲嚴霜長空雁影排雲陣深院禽聲送
晚涼正在無聊詩思少忽聞短笛度東牆亭秋
天教細雨豔秋容亭秋倩影亭亭碧檻東仙娜團坐蕉

窗思詠絮 亭秋 聯吟菊圃感飄蓬 仙娜 紅欄曲曲蟲聲
碎 亭秋 綠樹深深畫意工 仙娜 作得詩成愁檢韻 亭秋
柔條難綰暫離衷 仙娜
涼風習習雨絲柔小艇烏篷繫陌頭老樹盤根原自古
長條綰客總難留生成孤節沖霄志不附繁花得意秋
檢點行裝心黯澹無窮幽怨寄蘇州 亭秋
杯酒思賢 園內堂名 話別情 仙娜 輭風微雨溼簾旌 巽 梧桐
葉落秋聲老金粟香添涼意生絮語庭前愁判襼清談
花下聽吹笙寒蟲也助人詩興悄伏玲瓏片石鳴 亭秋

九月初七微雨放晴在復繫園與筱石借仙娜姪

女伯婧子婦卽景聯吟共成三十韻

復繫芳園靜長空秋氣清 亭秋 芭蕉經雨潤楊柳趁風輕 仙娜 移節心難慰分枝願復生 亭秋 （客廳有竹太密移種後園半見枯萎余願明春暢茂成林則心慰矣）綠陰羣蜨戲古樹晚鴉鳴 亭秋 倚檻湖亭啟 仙娜 臨流水閣平一庭縈別緒八郡挽行旌 亭秋 （筱石自放川督紳民均有留戀之意）覓句攜茶具 仙娜 持螯愛酒槍嬌雛悲詠絮新婦善調羹 亭秋 暫領蒓鱸味 巽 重來竹馬迎兒童歌野曲父老動歡聲穫稻欣豐歲 亭秋 登高正午晴龍山妨落帽緱嶺憶吹笙 筱石 （前在汴夢紋女手持笙簫作古時男裝）傍沼芙蓉豔 亭秋 沿牆薜荔盈瓊葩和露植 筱石 怪石

似雲橫各盡聯吟興亭秋誰堪送遠情筱石小樓飛玉笛亭秋大局等棋枰筱石若輔黃圖業定垂青史名仙娜赤誠還向日亭秋素志勸歸耕地幸滄浪接筱石人如畫錦榮仙娜推敲無限意聊以助離觥巽

分詠儒硯

片石端溪滑微凹聚墨多文場供點染壯志肯銷磨瓦古遺銅雀書工換白鵝能酬詞客願濡筆幾吟哦

儒讀

夜永書燈靜宵寒詩思多雞窗勤苦讀螢案起悲歌才子登金榜閨人盼綠蘿愁看雲路遠素志漫銷磨

吳江舟次聯句

十里旌旗寶帶橋筱石一行雁字入雲霄扁舟載月波光靜亭秋刻燭催詩漏點遥紅葉滿山秋易老筱石綠楊夾岸影全凋明朝共訪西泠鶴亭秋戴笠看山合問樵筱石

出得吳鄉入越鄉亭秋唱隨檢韻鬬詩腸青青客舍浥朝雨筱石落落漁罾挂夕陽幾處炊煙留畫稿亭秋一帆風信送歸裝難忘謝女庭前詠筱石惆悵秋來穫稻忙亭秋女生前有秋來穫稻忙之句

一色空濛欲弄晴筱石角聲鳴處啟行旌不堪卧轍攀

韤意亭秋　孤負紅男綠女情十畝雲横秋稼熟筱石　三篙水漲晚潮生更思今夜蕉亭景亭秋　誰倚雕闌望月明筱石

暫脱朝衫著綠蓑亭秋　湖西且聽采蔆歌新栽梅竹都成韻筱石　舊夢鶯花許再過上界鐘聲聞遠寺亭秋　南高塔影入清波未能拋得杭州去筱石　好景重將白句哦亭秋

亭秋館詩鈔卷三

亭秋館詩鈔卷四

錢塘許禧身仲蔆

天香吟草

秋日湖船聯句詠别

載酒看山色亭秋 句留爲此湖筱石 風平秋浪静亭秋
心遠白雲俱筱石 紅徧林間葉亭秋 青摇水面蒲筱石
蒓羹鞭筍美亭秋 何必四腮鱸筱石
落日孤帆遠筱石 平湖秋景長亭秋 行旌將遄發筱石
游興忽飛揚亭秋 倒影三潭月筱石 驚寒一夜霜亭秋
竹深欲留客筱石 臨别問歸裝亭秋

一道垂虹影亭秋　蘇隄閒白隄筱石　疏鐘聞遠寺亭秋
荒塚惜香泥筱石　著屐來今雨亭秋　捫碑訪舊題筱石
未堪回首處亭秋　鶴子與梅妻筱石
助我吟秋興筱石　長空天氣清亭秋　雁橫雲樹遠筱石
魚吐浪花輕亭秋　野菊經霜瘦筱石　芙蓉照水明亭秋
柳絲難綰客筱石　攀折總關情亭秋
隔岸紅牆立亭秋　南巡舊有宮筱石　半肩樵擔月亭
秋　一角酒旗風筱石　僧舍談餘趣亭秋　漁舟悵轉蓬筱
石　岳于雙少保亭秋　憑弔聖湖中筱石
暫撇塵囂訪舊情亭秋　湖心垂柳漸零星筱石　四圍山

色濃於染亭秋一片波光翠欲停筱石夕照寺前漁火
黯亭秋杏花村裏酒帘青筱石扁舟何處尋仙樂亭秋
吸盡煙嵐未解醒筱石
未作平原十日留筱石悤悤今又發杭州亭秋浮生總
被虛名誤筱石臨別翻增去後愁亭秋舊夢山中談射
虎筱石閒情江上寄盟鷗亭秋行經細雨斜風裏筱石
華髮蕭疎易感秋亭秋
輭紅重踏理輕裝亭秋更埽松楸返故鄉筱石鳳闕鐘
聲侵曉露亭秋鼇磯蓑影帶斜陽筱石遥知客舍挑燈
寂亭秋已累山妻寄東忙筱石襟上酒痕儻追憶亭秋

六橋煙月入詩囊 筱石

小艇銜波人兩三 筱石 白雲深處一茅菴 亭秋 昨朝踏徧韜光徑 筱石 今日重游印月潭 亭秋 面面青山環郭外 筱石 村村黃葉是江南 亭秋 何當再領西泠勝 筱石 早晚佳音報錦函 亭秋

漸放清明意 亭秋 登樓且看山 筱石 水雲鋪一色 亭秋 嵐翠溼雙鬟 筱石 隔樹聞樵唱 亭秋 侵階剔蘚斑 筱石 目窮孤嶼遠 亭秋 心與聖湖閒 筱石 但覺煙痕合 亭秋 翻疑日影慳 筱石 荒阡悲玉鏡 亭秋 再世慰金環 筱石 著屧香泥滑 亭秋 探囊舊句刪 筱石 獨憐華表鶴 亭秋

待客早知還筱石

游過晴湖又雨湖亭秋 江山勝景未全孤筱石 螺鬟圍繞煙嵐遠亭秋 漁艇輕搖礀徑紆筱石 冷落崇祠雙桂老亭秋 鬱盤佳氣萬松扶筱石 流泉夜作游龍吼亭秋 刻竹催詩補畫圖筱石

和筱石原韻橫橋老屋作

霜結冰凝驛路長馬蹏行徧舊村牆松楸再整墳前景一片歸鴉帶夕陽

仰望雲山問有無日來心緒與人殊殘燈挑盡風吹葉秋雨敲窗點點麤

催動行旌上國游別離滋味又深秋樓頭殘柳添清淚不羨乘風萬里侯

一肩琴鶴整裝齊畫舫輕帆流水西再看兩涯秋已老短隄行徧又長隄

萬里無雲夜氣清一鉤殘月照窗明迴文顛倒情難盡恍惚聞君夜讀聲

願得瓊漿酒一杯蘭枝重復膝前栽塵中渣滓當除盡弄玉雙雙跨鶴來

湖山繞徧暮雲痕俯視游魚戲水呑舴艋小舟還帶酒飄然飛渡數莊門同泛扁舟至雲樂處又在劉莊唐莊高莊小坐

雙枝塔影對三潭日暮鐘聲出小菴風雨滿湖歸興促
北山行過抵山南（至三潭印月湖心亭遇雨催歸南山）

畫槳雙揚曲水流染霜紅葉已深秋蒼煙四合看將暮
雁字橫空過舊樓（游俞樓）

冷落　先皇舊幸宮宮花猶帶舊時紅梳妝臺閣分明
在寂寞廊前鸚鵡籠（止行宮）

行沽仙樂暫飛槎茅舍疏籬過幾家覓得鮮魚難盡醉
將離祇恐各天涯（第二次止仙樂處覓魚沽酒）

重行京國戀風雲世事艱難未可聞我願此身留故地
春秋常伴女兒墳

述懷寄筱石

烏嗁月下過樓頭臘夢驚囘一縷愁燕國冰凝霜雪凜
越鄉風弄水雲浮青燈挑盡爐煙寂紅燭燒殘蠟淚流
可記西湖同泛棹夕陽影裏渡扁舟

祀竈日寫懷

聲聲爆竹敬廚神送舊迎新又遇春嗟我眼前蕭索甚
寒窗獨坐歎沈淪

聽盡寒更夢不成忽然心地放光明輕風吹得浮雲散
情短情長豈足評

飄飄瑞雪掩塵昏渣滓消除不見痕日出烽煙終滅盡

清光朗朗照乾坤
數點丹砂報早春山中萬木總含新緜緜不盡窗前雨
百感縈胸黯出神

寄筱石

肯謝朝簪得自由浮名何必强羈留列强洶洶窺中國
離緒紛紛繞故州縈結千絲情不斷迢遥萬里夢偏投
每夢或作
別而醒
還愁驛路難通訊能否歸林早善謀

筱石來詩和韻再疊寄

滿腔鬱恨挂心頭添我新愁兼舊愁寂寂寒更人語静
瀟瀟簷漏雨聲浮青燈卧對驚塵夢紅葉題殘誤水流

搖曳垂楊春意轉一帆風順待歸舟
香爐巷裏屋西頭卻扇初逢未解愁夜色深長清露靜時正仲秋月光皎潔彩雲浮羈留燕國春常永荏苒湖山歲似流每到無聊難自遣燈花黯卜算歸舟

夜夢先慈李太夫人先姊適廖氏夫人枕上口占

宵來隱約奉慈暉與姊相偕侍繡幃忽聽鄰雞驚夜夢枕函淚迹為兒揮

除夕述懷寄筱石

聲聲臘鼓祇催年畫閣生寒夢不全半為思兒半懷遠

紛紛清淚溼雲箋

曲園遺集嘗嚴師費我連朝苦苦思每到深宵人語寂

冰花獨對結清池

堪憐入夢每魂驚醒後依稀喚女名牆外風聲催凍箭

嗽聲咳盡一更更

立春日感作

靜坐寒窗獨出神依稀玉笛度西鄰拈來鳳管傳心素

書就鸞箋慰遠人萬里青山還念舊一庭紅日又更新

杭城一雨十餘日今日滿窗日影矣飛仙何故音仍渺理罷晨妝黯苦辛

女亡已三年屢顯靈迹惟仙容縹渺也

對梅懷女

數枝斜影伴更長朵朵含春盡透芳如雪冰姿孤潔態成丹朱色豔新妝臨風玉韻忘生倦映日珠光黯送香夢杳雲飛何處是瓊山難覓舞霓裳

電捲霜飛每自憐彩衣若再舞庭前留仙何故歸雲速顧影難教缺月圓鏡匣書燈添我淚藥爐茶竈了兒年天公相逼豈風厲玉蘂飄零墮翠鈿

右台山獨坐書懷

欲訪寒梅到嶺頭恐因佳景動離愁飛鳥陣陣鳴山閣子雁雙雙過畫樓右台埽墓意欲孤山一探梅信又恐觸動離愁而止夕照鐘聲

聞遠寺雷峰塔影入清流暮雲片片催歸也風起雲迷難久留入暮風生，難以久坐

遠隔黔山驛路長悤悤歲轉又春光隄邊綠柳搓新縷林內黃鶯理舊簧香屑兩行花吐豔清風數陣竹生涼黯然獨坐聯吟處萬緒離情結寸腸去歲仲秋與筱石於此聯吟

詠並蒂蘭

交柯並倚鬬新妝相對無言意自芳月下亭亭同照影風前寂寂兩生香鉛華洗盡冰霜志清潔攜來雲水鄉山島難尋高品格雙花歲歲聚蘭房自壬寅年在清江漕署得並蒂蘭一朵至今六載年年必有今又得兩朵

春花春卉發春辰小草披香密密新因合素懷開並蕚
更欣雅韻出重垠臨風共鬭雙鬟澹對月還添兩意勻
是否仙山移世俗霓裳奏罷再娛親

述近懷和筱石韻

挑盡殘燈倚畫窗重遮錦幔護銀釭弄簫怕奏同聲曲
望月愁觀渡口艭伏案獨吟懷遠句理妝默對女靈幢
廿年大夢而今覺更見歸鴻列陣雙

彌陀數卷早營齋待得妝成近巳牌蕭索詩情餘繡墨
無聊心興罷金釵宦中況味難留目故國風光總記懷
春轉　皇恩和露降輕舟暫發兩相偕

執得尖毫墨點濃加餐錦字手親封心如流水行還轉
意似遥山疊更重頻年願早歸田而筱石尚留宦途以致鄉心愈摯世事茫茫
知有盡飛仙渺渺覓無蹤何時驚醒紅塵夢獨坐窗前
心黯春女亡後得心神之病今更甚矣

西子湖邊戀舊廬思兒悲況總難除故園落落情無限
鄂路迢迢懼久居那羡飛鳴雙子燕堪欣掉尾半潭魚
滿藏金玉歸何用不若遺留萬卷書

雲山縹緲夢難尋病體悲懷轉轉深祇道鸞箋常詠別
不期鴻案再調琴蘭房又發雙生蕙兩得並蒂蘭今年之春蘭也山
閣同鳴比翼禽碌碌塵途何日定宦中滋味苦相侵

瓊山何速促歸函未見雙飛竟棄凡零落香閨空繡榻蕭條墓徑冷疎衫憶女

風凝凍地催征馬筱石請假三月回黔埽墓正值臘內嚴寒春暖輕波轉錦帆待得公庭開綺閣萬民徧野頌聲咸

懷古

舊章頻改換新條零落宮闈罷楚腰韓信淮陰甘辱胯伍員吳市苦吹簫風催寒漏難成寐冰結長江不動潮燈燄消殘無可遣權將鬱悶託生綃

春日游湖

櫓入清波聲自柔一航輕渡過瀛洲春風未必能吹醉

行徧長橋到酒樓

春日游湖與姪女仙娜子婦伯婧船中聯詠

曲折疎籬短短牆綠陰深處囀鶯簧萬山亂疊雲如絮亭秋 碧水平鋪鏡轉航仙娜 垂柳生春明檻外小桃鬭色豔隄旁岸邊有紅白桃花一枝 隔籬隱約黃花燦亭秋籬中有茶花 臨閣參差翠荇長仙娜 挼盡枯腸吟小舫暫停餘墨訪高莊亭秋 煙凝遠近嵐光合風送低昂水調忙巽 聞鄰舟絲竹聲 雙塔鈴聲搖日色六橋虹影映波光輕風澹澹游人散一片歸鴉帶夕陽亭秋

戊申正月夢兒詠

繡帶金冠入夢來一堂團聚笑顏開雙眉微展仍依膝
再向庭前學老萊夢少石大兒與筱石及予率紋兒團坐圓几醒後語家中人筱石可望調鄂後果由川調回緣大兒久宦鄂也

追憶丁未冬至夢兒

玉面珠唇倚人懷含歡微語母歸來夢兒臥榻上如初醒狀語曰母回矣
金風颯颯催紅燄夜雨瀟瀟點綠苔兩鬢漸增飛雪影
一篇吟盡落花哀場中傀儡看將醒難待蓬萊跨鶴回

感懷

蓬窗重倚望雲軺短笛疎礁惹寂寥寂寂沿隄桑意密
炎炎世態宦情驕但知鼓腹心中熱祇恐燃眉目下燒

笑我年來愚太甚一肩愁擔爲人挑

憶女

鸞飛鶴舞渺仙軺長路悠悠夜泬寥仰望瓊山心自戀俯觀塵世意偏驕扁舟帆影春波靜茅屋霞明暮色燒日落雲輕將入夢一腔幽悶倚窗挑

篷窗感懷

長空雲靜隱仙軺鎮日悲懷每自寥碧水輕波魚戲樂綠陰老樹鳥鳴驕依稀篷背更聲碎隱約疎林夜爨燒欲罷愁腸情不斷滿腔詩債又重挑

天中聯句有懷昌紋

鄂渚新移節端陽荷 聖慈客臘上賞 御書慶壽直幅福壽字今日始到桂樓堪遠望筱石 蒲斝喜同持江靜輕雲澹亭秋 天高落照遲鶴歸聞玉笛筱石 蜨舞戀花枝日來翠蜨十餘飛繞桂樓前猶憶牽牛夜亭秋 兒在時每逢七夕佳節必約閨中女伴羅瓜果於庭乞巧 難忘繡虎時乙巳端午病中猶强起作繡虎 中流空繫纓筱石 大局慨彈棋兒病中談及時事輒鬱鬱不樂 禾稻生前詠亭秋 兒幼時有秋來穫稻忙句 椿萱夢裏思多情青鳥信筱石 雅韻彩鸞詞對鏡吾將醒亭秋 焚香汝定知日長無可遣筱石 聊作憶兒詩亭秋

戊申四月十六日到鄂署傍晚時忽見一蜨來如手掌大盤旋於 祖先堂供女室數次飛去又月

杪時余正倚欄見二十餘蜨皆兩翼如點翠翼尖吐金光閃爍轉舞桂樹梢頭後每日必來一時許距筱石之生日祇三晨知預爲祝壽而來因此記之

兩翼平鋪金縷長盤旋飛處閃光芒冰綃霧縠輕霞繞
繡帶雲披翠羽揚介壽暫停天上曲承歡更捧膝前觴
仙風吹轉羅浮夢舞彩重臨十桂堂

松壽堂玩月有感

一輪江月照簾櫳似箭年華過眼悤國勢艱難民力竭
不堪中澤集哀鴻天意循環如可轉萬家安樂祝年豐
欣聞京洛降時雨桑林罷禱慰　深宮願除新法政由

舊宏開棘院試生童軒靜雲開塵宇頭瘴清霧散月當空歡聲徧野尊周孔萬家普及喜和風男善催耕女善織春苗秋稻樂無窮不獨民生慰江漢並兼燕國與湖東停車一窺民俗老幼愚頑各不同怎若樓前羣衣蜨其色如孔雀翎有知者言出於羅浮山每日必來或二十餘四月底至六月底去迎風飛舞桂花叢昨夜電光天際落昨夜西北角有金光色今宵皓魄餘霞烘幽賞倚欄桐樹下捘詩索句豁塵蒙舉頭對月生長歎問天可有廣寒宮安得借爾嫦娥力煙消風定日長紅

五月六日余偕筱石並子姪輩在桂樓攝影有念

吾女頗意含不歡越日展視影片於片中琉璃窗格上忽見女容戚友傳觀羣相敬詫豈故示神通將以慰老懷耶相對殊難排遣合賦此詩以詒知者

幻來色色信非空筱石掩映朱顏隱鏡中樓閣玲瓏懸寶月亭秋庭階馥郁有高風團圞親舍心聊慰筱石縹緲仙容意不窮孺戀依依還繞膝亭秋何勞青鳥信常通筱石

瓊姿約略認難眞筱石彷彿珠纓自在身斑綵庭中娛二老亭秋瑤池會上第三人事詳仙圖生前蘭蘂堪紉佩筱

石

再世棠花晤轉輪一片琉璃光不隔亭秋飛昇未忍絕紅塵筱石

秋夜與筱石聯吟

綠陰深處閃流螢筱石紅燭分光入畫屏天上仙璈逢蜨問亭秋樓中玉笛隔江聽庭生寶樹風姿秀室有幽蘭夜氣馨筱石坐到良宵懷二女好憑青鳥託雙星亭秋

懷女

仙凡一隔秋復春色色空空夢內親祇賸滿懷皆塊壘庭前難覓絳霄神

一堂錦繡不生春强作寒暄未必親反覺此身多束縛

日長如歲伴遺神每至無聊即坐女之小影傍

亭秋館詩鈔卷四

亭秋館詩鈔卷五

錢塘許禧身仲護

桂樓吟

戊申初度

仙容縹緲已三春，又到炎天祝壽辰。門下鴻才欣擁擠，文案諸士皆有賀壽詩室中錦繡免鋪陳。抵署後一切華麗鋪設皆屏去均用攜來之物謝君腹有驚人句，筱石出詩見贈語多勸慰愧我心多出世塵。每值稱觴虛度日，綺筵開處黯傷神。自失女後毫無興味

碧海青天萬象包，評詩鬬韻細推敲。雲歸遠岫風清暑，月落長隄雨潤郊。半百年華偏易度，三春心緒總難拋。

畫堂人聚愁翻觸惹得啼痕挂眼梢（女亡已三年每值開筵飲酒則反增不歡）

倚樓憶女感時

雨霽碧雲天憑闌高閣前承歡金絡索（照片忽現女舞影如帶金冠）彩翠蹁躚（前曾賦化蝶歸省圖）黯澹塵心寂留連宦境牽謝庭何冷落愁悵禱宗先

細雨斜風裏依稀已入秋莓苔生滿地漏點徧重樓（正值大雨合署皆漏）舊制殊難補新章各自謀最憐民力盡枵腹待飄浮

鄂中兩旬未雨頗有旱象五月十八日筱石欲求

雨未行余默禱於女靈不期下午大雨一日夜未止又禱曰此雨可否分潤京師以救貧民未知能驗否

借得瑶池水亭秋繽紛滿鄂城惜花紅意溼筱石護稻綠陰生消我胸中鬱亭秋憐他赤子情楊枝堪徧灑筱石分潤到神京亭秋詩作於十八日廿二日有人自京回云十九日已得雨老父忠心篤亭秋嬌兒志性存琉璃光世界筱石安樂錦乾坤膏澤敷三楚亭秋謳歌徧九門豐年今已兆筱石萬戶飽兼温亭秋

似唱淋鈴曲筱石翻疑漏點訛樓中聽客展亭秋江上

夢漁蓑還念湖山景筱石思拋宦海波挑鐙同憶女亭秋永夜發悲歌筱石

曉色印迴廊筱石徘徊雙桂堂婕衣分五彩亭秋花氣聚微香風細簾波靜筱石天高雲路長舉頭增悵惘亭秋何處是仙鄉筱石

時值初度筱石出詩見贈依韻和答

歷盡艱難味還欣兩意知款成同一笑斂散展雙眉庚子年同居京師遇難袁浦迎奎藻在袁浦署時奉到御書松壽巨幅梁園哭女詩女歿於汴每有詩哭之執毫無麗句多半斷腸詞每得一詩必有懷女之句猶記蘇臺日分飛各一天將離談永夜惜別歎餘年筱石

奉　命督川余因怕聽雙聲曲愁開祖餞筵春風歸棹多病不能同行速重聚繡簾前今春得調鄂湖上饒幽景清波映湧金塵囂須暫卻勝迹且同尋日落欣浮嶝林疎聽囀禽秋風歸牧子長笛出山深冰雪胸懷寄傳家教育馨　北堂何背早先姑以紡織教育今君則貴矣已不及見南國喜鍾靈繡閣連生蕙自漕署得並蒂蘭至今年年必有瑤階又長蓂雲開仙樂奏玉女步虛聽

又

雨過天青海宇清更欣麗日照江城眼觀殘局愁　金闕坐對華筵厭玉觥窗下唱隨關至性庭前冷落歎虛

生紅閨忠烈慚無補報　國鴻才愧列卿

幾椽老屋傍潮濆，兩岸垂楊最繫春。帆穩一舟游碧海，客居數載近　丹宸。欣逢吉士家風舊，未仰　賢姑愛日新。疎影橫斜良夜伴，自慚明月作前身。

積德流芳五世昌，鴛聯綵雁盡成行。初歸時筱石兩家弟兄皆入仕

春共垂楊柳在京與先姊適廖氏夫人同住，一院陰濃護海棠。院有海棠二株

祇有餘情憐愛女，初生女秀婉殊甚，余甚愛之。愧無佳句入詩囊。分飛仍作同巢燕，錯認金臺是故鄉。與姊同住十三年

一卷毛詩自口傳，聽靈韻秀宛如仙。花前侍母窺雲澹，女在時花開月明，必隨侍膝下。燈下思兒望月圓。今每至良辰，更思及女。剩墨飄

零遺畫稿兒生時好畫尚有遺稿不忍展視柔腸宛轉付吟箋不堪賓從蟠桃祝祇恨長天似度年自失女後每至六月朔最怕人祝壽

偶檢女遺匳得詩有感

秀句天生詠洛陽誤爲福壽慶緜長女生前有洛陽錦繡春如海滿地長關富貴花之句春朝不道嚴風厲女起病在春仲夏日偏逢彩羽翔乙巳六月廿二日敘女飛昇日霞彩滿天其中或有仙迓冷落庭闈星斂燄蕭條繡榻月無光筠箱怕啟葳蕤鎖遺笥重封觸目傷

望晴禱女

一雨田疇足還祈早放晴萬民欣飽暖合省慶安平揮塵清江漢持瓶淨鄂城驅將宵小散纖手罷欃槍曾夢女武

裴傍有兩將
持矛相角

詠八瓣同心蘭歲歲必有奇花或女之靈也

一年數度總翻新，屈指光陰歲歲臻。暫轉瑶臺難戀世，乞來瓊玉更娛親。春朝同繫雙心結，夏日重生八瓣勻。濟濟庭階齊挺秀今春得並蒂蘭兩朶今又得六瓣八瓣各一朶，百枝努力鬭丰神蘭祇四盆共得百枝。

擕得仙風百瑞陳，仍然孺慕再相親。斑衣欲舞堂前綵，繞膝先增室裏春。約就雙環同意愜，結來八葉兩心勻。琪花燦爛如庭玉，從此緜傳代代臻。

一枝神俊吐清芬，向日葵傾護　聖君。勝地催詩香繞

口吟壇弄筆錦成文韻添眉彩盒中玩譜合雙聲月下
聞低挽同心雲髻靜蘭馨風送在宵分
何故靈山信渺茫黠將芳訊此番藏花生俊品心雙綰
樂奏琴音韻八琅灼灼珠璣文內彩芒芒錦繡鏡中光
紛披紉佩連環澹更傍輕紗送晚香
煥發庭前秀清芬拂體馨眾仙同慶祝九畹得先靈普
濟瑤池露披飛翡翠屏春風生八面眉壽介蘭廳
長日荷香靜枝枝芳體馨一堂欣紉佩八座喜鍾靈對
月垂雙髻因風護錦屏良宵燈影澹花語隔桐廳

夏夜聯吟 忽聞異香或女入庭慰親得句記之

檀降從空落亭秋良宵暫慰親桂樓初月上筱石桐檻晚風勻得句同拈筆亭秋無聊對寫眞每至無聊即對女小影蘭祥期後會筱石花發證前因荷介齊眉壽亭秋榴開照眼辰綠窗人語靜筱石紅燭夜光新門下鴻才濟亭秋堂前畫戟陳欲知天外事筱石還問絳霄神亭秋

六月二十二日龍華寺追薦紋女回筱石出詠懷詩閱之增感依韻和之

電轉流光一霎飛庭空絮落總萋菲燃眉隨侍紅羊刼撒手先乘紫鳳歸病內遺言還記憶女病篤言婢女福奴已入鬼籍不兩月福奴果歿又云母有福誰能及尚未驗也雲中幻影總疎稀有夢而不能常得三

年宛轉悲腸結暮境蕭條生意微

彷彿音容漸渺茫宵來依膝又呼娘夜夢女依膝呼余仍留繡閣虛雲枕女雖亡余仍為設牀帳更集金資貯寶箱女所餘資封存一處老鶴戀塵偏荏苒嬌雛棄世太悤忙鏡中電影殊難必自恨悠悠宦路長

悔向中州戀此官竟遭藥誤最心酸七宵倚枕催歸易一旦盧庭欲遣難但把詩情封錦盒不隨宦境伴征鞍右台有路何時返好共梅花守歲寒女初病起坐如常誤服熱劑竟七日卧牀而逝

罡風吹上最層臺霞似仙旛面面來女仙逝日霞彩滿天一霎飛

昇難驟捨幾番入夢總生哀交枝翠羽隨心製（女在時以細珠穿花自造新樣無不巧妙）尺幅雲山親手裁（女善繪山水）盆內幽蘭添瑞意雙眉微展向庭開（近得八瓣同心蘭或女靈也）鶴返瑤臺不自由還將異迹慰親愁（女亡後靈迹甚多皆詳前詩）依庭翠羽紛紛舞入室金冠款款留（夢詳含眞仙蹟圖）一片靈旗催霧轂數行繡帶擁雲舟（余由汴回杭筱石夢女頭戴金冠身著鶴氅坐大舟中旌旗招展正解纜而行）夢中猶記相遺語弄玉重臨再世游（夜夢女余欲同行女曰我還來）

夏夜與筱石聯詠

靜坐蘭階共納涼（亭秋）一鉤新月上危牆（筱石）微雲點

綴星光譫亭秋 譙鼓清嚴夜漏長筱石 盆有疏枝花毓秀亭秋 甌斟春茗露生香筱石 燈前回憶含眞蹟亭秋 蜨彩蹁躚繞膝忙筱石

得陳夫人來詩並畫和韻寄酬

璠箋捧得在西泠一面無緣眼獨青宛轉珠璣生繡口雲霞滿紙筆聰靈

玲瓏腕底有風雲閨閣佳名萬里聞讀盡瑤篇香滿齒絮才好策謝家勳

筆尖端麗畫中師染色鮮明冠及時占得南田佳品格才華不獨杜陵詩

月色花香隱旖旎春來湖上放游船蘇隄楊柳原無匹
綽約瓊樓處處仙

冷落西湖大不該故鄉何日再徘徊得蒙錦句偏多獎
未見丰標信妙才

清華富麗格天生小品雲山各擅名今日展觀醒世俗
何期遥路得投瓊

夏夜感時

一輪寶鏡照庭空綠樹枝頭動晚風半榻茶煙人靜候
滿江漁火客愁中仙山縹渺三年隔宦性闌珊兩意同
國事摧殘慚莫補焚香清夜祝年豐

露華浮水彩雲空坐近桐陰颯颯風一片丹心明鏡裏幾人青眼玉壺中東西舊制渾難定南北新章各不同堪笑營謀殊失算豈憂民苦重財豐鄂省開設各廠每虧多進少

六月初盆蘭盛開內有八瓣同心者已詳前詩時已七月杪又復盛開特賦

雙枝碧玉總關情皎皎臨軒氣質清夏日吟壇曾角勝秋辰花檻更重生輕風拂體香盈室細雨飄階酒滿觥澹到忘言無一語同心相印借詩評

梧桐葉落報秋聲欲慰慈闈百戲呈八面生香花吐秀六月間生八瓣蘭賀詩者甚眾雙蛾闘影月重明山陰含露同根澹堂

檻臨風並體清再舞萊衣庭內綵金星入夢效長庚蘭瑞時發或女慰我老懷

擫笛聲和仙娜姪女韻

雨退炎蒸已入秋窺簾新月一痕鉤夜闌因愛輕雲澹
嫋嫋餘音繞畫樓如怨如慕偏難續不及羽衣廣寒曲
隔牆隱約罷宮商孤燈影照西窗綠洞庭暮色已昏沈
黃鶴樓前帶雨聽梅花五月飄飄落片片飛來歸客心
高低音韻偏相逐悲心都付瀟湘竹數聲響處度雲端
何時驚醒紅塵宿風吹細雨滿江城催轉江頭遷客情
牧童信口吹牛背手按清歌句不成蓬山青鳥無消息

塵緣碌碌終難擲沈香亭內繞梁音一曲清平醉李白遥看天畔星斗斜自覺微凉透碧紗臨空淒裂驚棲烏半生幽恨繫天涯

戊申七月鄂中旱熱時疫大行府縣築臺求雨三日未驗余與筱石焚香禱於女靈夜即大風次日大雨

一念默虔誠雲騰雨澤盈 筱石 萬家消凮疾四野動歡聲 亭秋 殿早通明啟樓先溽暑清 筱石 孺懷仍繾綣忠孝本天生 亭秋

承志潑雲光蓬萊歸路忙 筱石 曾隨王母輦已換女兒

裝亭秋 灑露千條柳迎風一瓣香筱石 珠簾捲山雨暮色入蒼茫亭秋

夜雨西窗靜華堂正上燈亭秋 宦情淸似水世態冷如冰筱石 棲樹羣鴉噪淩軒五蝠騰亭秋 正在搜索枯腸忽見五蝠飛繞樓前 黃昏人未倦得句寫吳綾筱石

風弄桐聲碎瀟瀟帶雨聽亭秋 花陰雙屐滑茶火一爐青筱石 塵市原無垢神仙信有靈亭秋 挽將銀漢水洗甲瀉瑤瓶筱石

望仙樓

獨倚雕欄望白雲仙音深閟總無聞流霞淺絢千重繡

落日遥烘五彩紋百尺沖霄天闕靜雙枝入月桂宮芬重樓倚徧神光杳暮色蒼茫影不分

游仙枕

姹女嬰兒爐火邊胡麻飯熟豈茫然靈臺有路何須佛瓊島留賓便是仙桃實千年春似海胡蘆萬象景包天純陽若借邯鄲客我願沈酣一覺眠

聚仙臺指含眞第一圖

畫棟沖霄縹渺邊水晶簾下隱羣仙飛昇撒手三千界回首塵寰十七年音樂悠揚香繞座雲光約略翠連天椿庭緩步重欄外孺慕難抛淚欲漣筱石曾夢女與三五仙裝者團坐於

高閣中面
含戚容

醉仙亭

一曲清平繞御前沉香亭醉李青蓮風流學士才如海
美麗嬪妃態似煙雲想衣裳花作貌文生錦繡句成仙
欹斜酣臥長生殿捉月清池水內天

送別靜壹兄

秋來催動片帆揚卻喜天涯聚雁行二載暌違窺貌減
三宵聚首話更長重營花圃留蘇署再整歸裝返故鄉
兩袖清風調雅政萬民聲頌舊黃堂
征帆甫卸鄂江濱座上傾談滿室春今日瑤章吟綠野

當年封奏達丹宸庭中人靜星光澹樓外更闌月色新把酒筵前同惜別秋風珍重客中身

八月初靜兄來鄂夜膳時見一深黃色蜨停於杯中飲酒旁有兩蜨飛舞

帶雨翩翩入戶來瓊漿黯貯白雲杯玉京暫卻清蓮座再向慈闈詠有萊

是否羅浮山裏來庭前栩栩戀瓊杯頽然恍覺沈酣景五色斕斑戲綵萊

乘雲攙霧跨鸞來暫別羣宮罷玉杯更作盤旋親舍裏羽衣長袖下蓬萊

偶作

笑他傀儡聚當場宦境無憑最燠涼新法更翻雲掩月
舊章屏棄日蒙霜脂膏零落財愁盡貴賤無分苦共嘗
若得禱求天意轉萬民同慶共飛觴

先姑姜太夫人九十冥壽在龍華寺誦經謹作

香拂龍華起道場山光圍繞曉風涼松陰盤鬱收殘暑
竹徑欹斜傲早霜略助炊薪郎署窘未能調食阿姑嘗
夜臺料得筵開處賢婦嬌孫各舉觴

寫懷疊前韻

何日能拋逐鹿場思歸已覺宦情涼春朝魚戲西湖水

秋夜烏啼北闕霜新舊異宜諸政改鹹酸殊味片時嘗一腔鬱悶沖霄漢坐對芳筵懶舉觴

時已重陽盆蘭又發二枝喜賦

三次憑軒氣質馨山陰芳信入門停交柯會共春風澹結實還欣秋雨青九畹同心開並蒂一枝八面毓雙靈瓊葩欲待籬邊菊佳節重芳蘭桂庭

仙蜨

時將近午入華堂灑露含風菊檻傍金帶圍腰隨雨舞輕紗生翼趁風揚玉盆更戀秋蘭澹彩羽偏欣丹桂香閒倚雕欄觀鳳子花飄蜨戀兩翱翔

賀友孫姪婦

茱萸滿插過重陽穩渡長江雁一行畫錦堂前春似海盛筵開處酒花香

籬邊叢菊繞經霜課子挑燈秋夜長婦捧瓊漿孫繞膝祝釐齊上晚香堂

重九日見黃色仙蝶繞菊中作

持螯把酒已斜陽仙羽紛紛鬬彩忙繞徧盆花光耀日色如金粟更生香

滿城風雨暮生涼雲化明霞過雁行蝶桂樓前仙闕近題名千載總流芳

冀省吾觀察七旬壽辰有太常仙蜨入室作自壽詩索和即用元韻賀之

把酒剛逢籬菊黃，斕衣繞膝捧霞觴。聯翩瓊玉光瑩壁，合座珠璣綵舞堂。濟濟清才登仕路，淵淵家學富詩囊。太常仙羽臨風至，願祝期頤世澤長。

時見翩翩庭外來，羅浮山裏有靈臺。香霏兕酒金波豔，味熟蟠桃玉露培。踏雪芒鞋還倚竹，看雲斗笠更觀梅。堪欣積學甯馨子，一片風帆衣錦回。

眼觀橘綠與橙黃，福壽筵開共舉觴。片紙煙雲生滿閣，數行珠玉慶同堂。清吟獨步留花底，佳韻重拈付錦囊。

但與蜨仙齊盡醉洪才豪量兩專長

一片珠纓入戸來衣冠同慶八仙臺堂前綵舞天恩

永膝下緜傳世德培籬角秋深閒采菊山頭冬老待尋

梅曉霜楓樹形如醉又見蹁躚帶雪回閱圖見蜨停於臘梅枝頭時殘雪未消也

詠菊

鉛華洗盡厭春光耐得西風傲晚霜一縷吟魂籬下澹

三秋逸品砌前香挑燈獨愛冰姿永倚檻偏憐秀色芳

待到月明秋露靜幾番佳色曲闌旁

持螯杯酒紉蘭堂共賞秋英與蜨翔時已深秋仙蜨日必棲於菊上麗

日滿階窗外靜輕風數陣座中涼清癯品格何愁雨瀟灑胸襟獨傲霜心羨淵明空有癖花田買就返錢塘

憶歸

錦纜牙檣帆可收蒼茫宦境歎沈浮春含芳意堪娛目秋到清光再舉頭山閣漫題紅葉渡湖隄雅集綠陰稠桃花流水輕波穩仙樂沽醪繫小舟

並頭秋菊

瘦影雙雙籬下新秋光皎潔鬭丰神並頭蓮子心同愜舉案梅妻氣共清不懼霜華宵月冷何愁冰雪曉風匀買山得占淵明癖歸隱湖西錦作茵

秋窗閒坐偶作

春花爛漫春路長春朝明媚豔春光沿隄春繞添新意春水扁舟理舊裝馬踏街泥茶花密人沽村店酒帘香天邊燕翦穿雲快山內鶯梭避雨忙魚戲春波游水樂蜨依春坳舞衣翔隱隱小橋泊春艇飄飄帆影渡春塘春山如笑春韶豔春雨如膏春草芳猶喜春桃紅萬樹更欣春柳綠千行春日與兒送春飯春朝爲母奠瓊漿春來湖上風光麗春在樓前照夕陽雲掩春屏濃於染月照春江澹似霜春色　行宮梅冷落春盡孤山竹徑涼牧童牛背吹新調漁婦鷗波照曉妝春風何日催歸

棹春滿仙山嫈女莊春雲迷岫終難覓春海澆愁亦未忘一路春晴無可遣當頭棒喝醉黃粱

秋調歌

秋風秋雨入深秋坐對秋窗秋氣稠檢點秋情收不起漫將秋景詠從頭籬邊秋菊英長綻庭下秋蘭砌尙幽緒畔秋蟲聲已寂天外秋鴻號不休鳳嶺秋雲歸舞鶴鵲橋秋水冷牽牛秋江罷釣漁翁樂秋稻登場牧子悠消燄秋燈光若豆照影秋庭月一鉤思親秋枕難尋睡悼女秋幃夢境留牆角秋鴉噪桐樹欄前秋蜨繞花洲酒店秋帘邀過客長隄秋柳繫行舟到耳秋碪聲如擣

醒目秋嵐碧落浮人渡秋帆憑晚眺兵聚秋操恐動矛

秋清塵俗聽秋調秋涼一味斟玉甌肯懼秋霜寒半面

更欣秋色醒雙眸遥望秋山思故國獨依秋檻戀瓊樓

自覺秋光秋不盡秋心結就總成愁

亭秋館詩鈔卷五

亭秋館詩鈔卷六

錢塘許禧身仲蘐

偕園雜詠

觀燈即句與子婦聯吟

家中幼輩製龍象諸燈爲戲補錄戊申正月作

於横橋老屋

青龍白象舞中堂，萬盞紅燈縧縷長。月照當空雲盡散，光生堂閣色飄揚。花鈿貼鬢娉婷婦，絨帶纏身蹤跳郎。幾陣鳴鉦成節奏，數聲擊鼓叶宮商。流星歷歷當空灑，玉屑紛紛著意狂。亭秋時正得瑞雪 簇簇衣香人影集，巽嘈嘈雜語步聲忙兒童束髮呈新技稚女垂髫鬭晚妝相率寒窗聯夜詠不無雲路恨更長玉瓶斜插疏枝澹亭秋翠盞傾殘琥珀光最是宵深人靜候拈來韻事費思量巽

懷女補戊申夏夜作

寂寞書窗燈燄紅拋殘柳絮謝庭空輕羅撲蜨風盈袖老樹驚鴉月挂弓三載愛根仍切切一塲塵夢太悤悤兒時生性原忠鯁願乞瓊漿保

聖躬戊申夏聖躬欠安於各省延醫余與筱石禱於女前後聞漸愈

已酉閏三月筱石夢女執書問字以詩見示卽和

原韻

蓼莪一卷執庭前彷彿垂髫問字年夢境雖迷原可信傳家望爾繼書篇

絮落風飄繡榻前白雲迷境又三年金魚再向鄰身覓香雪庭中課舊篇

忽得遺章淚滿前珍藏未卜在何年靈根自是生來性落紙煙雲詠絮篇檢女遺匳二次得七絕三首七律一首皆其筆迹此匳自女亡後未忍開視不知其何時所藏也

回憶燕京十載前謝庭舞綵侍親年武昌不是淹留地强抑悲懷讀短篇

仲春桂樓思女作

樓前草木又生青春雨春風入耳聽廿載光陰彈指過
一生情緒掉頭醒黃雲迷闕仙蹤遠青鳥傳書世路冥
但把此心託明月莫教塵世久飄零

送春

自送韶華去繽紛滿砌芳鵑嗁棲樹繞蜨舞惜花忙狠
藉風如捲飄零雨似狂惜春無計挽惆悵桂樓旁

德宗景皇帝臨朝三十四年聖德優容自奉儉樸數年
國中多事鬱鬱　升遐聞　梓宮奉移　西陵雖
閭閻愚民亦同切　鼎湖弓劍之思也卽和筱石

元韻

天風一片捲靈旗錦繡江山如亂絲元子臨朝寰海頌蛟龍失水幾人知歸眞撒手千年恨棄國回頭萬載遺今日 梓宮辭 鳳闕 恩波留與衆臣思

雉扇光華換素旗送靈 堯母淚如絲 慈雲永護宮庭睦 隆裕太后懿旨加嬪妃等月款 君德長留海國知零落燕泥中禁寂飛來鴉陣後庭遺 聖懷嗟歎無從慰卅四年來鬱鬱思 數年來中國多事 聖懷無日可慰

迎夏

花落春光去薰風催暑來蘭闈珠箔啟蓮閣水窗開葉

底蟬聲噪樓前燕影囘暮雲堪醒目霞錦擁蓮臺

筱石有悼次女詩依韻奉和並悼長女

猶記南高峰下風瑤杯親奠右台東去歲是日正右台營奠兩女二番悲誤雕梁燕兩女初無大病皆醫藥誤一旦淒清衰鬢翁瓊島雲遮仙已杳慈闈香繞夢長通入春時夢女且常有蘭香入幃片帆何日歸程速月下霓裳與若同

萬竿涼影墓前風猶記罡風起汴東明月慰親偕弱妹清宵問字有詩翁北鄰即曲園老人墓風清月白想女當問字其前何其一藥雙雛誤兩女病亟均服薑桂湯誤之祇賸餘年青鳥通或遇疑難則夢中預示或卜之於靈前皆有效驗最歎清癯雙父母深宵無寐憶兒同是夜憶兒

失康

憶歸疊前韻

何日屏開宦海風，數椽築就在橋東。亭前香雪尋居士，湖畔垂楊訪釣翁。擾擾干戈何所戀，紛紛新政恐難通。看山戴笠還攜酒，花月偕園一醉同。新購裏橋之屋，內有一園，即名偕園。

初夏惜春和陳怡蘐女士韻

和風麗日拂花箋，回首鄉關又一年。無計留春增愧惜，倚欄吟盡落花篇。

惜春詠罷不成詩，祇悔髫年未得師。墨積硯田殊冷落，零篇斷簡一絲絲。

數年無計撇風塵秋去冬來又送春何日柳條繫歸客
膝前冷落絮庭人
片紙瑶華出蜀都清才如錦句如珠吟箋讀罷香生齒
欲視丰標半面無

筱石新得鰣魚二尾時值周夫人生忌卽以供祭
余代爲增感戲占一絕

回首韶光廿九年浮生如夢夢如煙雙魚聊報糟糠味
親奠瓊漿到九泉

周仲堅世講出其太夫人書過秦論一篇索題勉
成二絕

彷彿蘭亭一卷開如蠅蝌蚪謝庭才而今得閱簪花格更賀佳兒繼後來少君工篆

西窗開閱筆頭珍字字珠璣妙入神一幅濤箋飛舞處琳琅又步衛夫人

和筱石啖鰣魚折箸作

日照武昌城江上風帆動獨坐綴蘭堂轉展思兩鳳忽送雙魚至預祝熊蘭夢子婦孕將足月詢問是何來道言江夏送聊助午時餐又作　朝廷貢鹽味配均勻偏款諸僚衆不負前室人聊爲心香供其日周夫人生忌舉案效前賢新嘗一玉甕籌豈借時攫失異雷聲動匕鬯已不驚何有

鄒魯鬪圍棋日笑覩齒印出屐縫棄原無足惜新者亦不合用愛他君子品節節沖霄中伴君僕僕塵朝夕總相共失手意徬徨不禁微引惆祇合且拋開何必再囂訟一躍出深淵竟被垂鉤弄味美異於常整裝思隱韜意欲乞歸田猶戀　皇恩重終日且躊躇解組還解纓

再疊前韻述懷

濁酒一杯持頓覺鄉思動心非念故園祇爲思雛鳳何日可回頭跳出紅塵夢灞柳促歸程錦纜牙檣送遙佩東朝賢免卻朝野貢情靜肅宮闈賢名服廷泉　隆裕太后自奉儉省並命免卻分外之貢　慰我悠悠人時覺心香供徘徊蘭桂堂

玫瑰開春甕自知量不洪小飲無豪縱最惜漢江城財
窘民時鬨漢口民不安貧時聚與鬨幸筱石率僚屬百方護之世路何其梗百孔
難彌縫驕庸笑仕流竟不爲國用不許薛蓬抹亦負養
由中豈若卻朝簪煙水清波共更惜謝庭人又爲心惻
悁卜宅裏橋東閉戶無聽訟杭州新購之屋在横河裏橋月下琴一
曲膝前璋三弄遺德付後輩不讓人飛輕新來塞漏巵
恐負國恩重何當隱借園端陽同繫纜借園卽新購之屋園名

得靜壹兄詩和韻

春來湖上萬山青何必鄱陽衙鼓聽帶月六橋魚艇穩
題詩蕉葉綠酣醒烏嘸山閣風催曉雁過江村日送冥

荏苒光陰彈指去拋殘餘墨斷篇零

靜壹兄寄示詠紫荊花一律依韻酬之

交葉連枝出畫牆纍纍繁甚滿庭芳根同一體蜂銜茂色聚垂霞蝶陣狂太守愛花花發秀小民護稻稻生芒沿隄柳色春將盡嘹嚦歸鴻共憶鄉

去歲冬月女生日有送金橘二盆至今閱半載猶粒粒如金摘供女前二旬餘鮮香如故此或有靈卽以分食衆人又時值三月珠蘭盛開月季通年不斷爛漫滿目亦所稀見可為三瑞援筆記之

皎皎珍珠粒豔豔黃金顆出是國香城結就團圓果一

是夏初開一是冬婀娜何其春光利拂拂窗前墮更看隔年花片片如荼火天風度鄂江時雨潤篷舸昔年有三瑞在漕署時有蘭蓮菊均開並蒂有詩記之今日紅雲朶或爲瓊島珍或種幽谷夥瑤池水自清洒徧雕闌左月魄與花魂均遣晴煙鎖去歲並蒂蘭賞心足難裏年年有奇珍鍊石媧皇可翠蜨與仙蜨相對兩貼妥羅浮山裏來栩栩倚花鞾花瑞並蜨祥同心惟爾我承之白玉盤郁郁馨滿座

又

濃香小朶發經春粒粒如金色更新祇爲幽香清出俗爲他執筆作傳神 珠蘭

閃爛金光數點黃纍纍結就更圓香並生梅子春將盡
又伴朱櫻夏漸長海上仙葩傳紫闕山中瓊果入華堂
娛親祇爲消沈疾入口芬芳繞膝香 金橘

結綵團珠貫若毬交柯階下獨凝眸惜他桃李春難駐
羨彼瓊枝色總留一載花光終不盡數番豔質總常幽
和風甘雨時培足孰得尖毫吟案頭 月季

有感自解

清和時節整歸舟爲念微痾又暫留過得炎炎長夏日
一帆風順柳隄頭

去歲憑欄蜨桂樓秋風微雨已颼颼明霞重疊時將暮

幻就桐陰一葉舟去秋與筱石凭欄忽見桐葉如幻一舟

閱筱石蘇臺集見丙午年五十壽詩八律依韻和

之

皎皎英才好護持延齡須在未衰時積來不斷椿庭德

賦就連篇教子詩品重更爲羣意隔志高祇有兩心知

錦屏早置宜男草自得深潭碧水驪

人生如電本無痕祇有淸名可久存嘗盡卅年靑案味

高飛萬里紫金門埽除羅網圖書壁光耀　蘐闈機杼

村更有糟糠難以慰一杯親奠墓門魂先姑以紡織教育

弱冠年華初締盟玉臺情重利心輕靑囊藥誤何辭世

黃榜無憑竟罷征（周夫人病時正值春闈後石因其病即罷試）詠盡落花惟悼婦拈來枯管不談兵而今坐鎮鄂江地留得雍雍時下名

斗酒高歌付短笻煙篷一葉定無蹤曾留節使東牀幕更聽燕京　北闕鐘卻扇共嘗郎署瀹敲詩同詠鏡臺濃閒吟滴盡花間露不道紅巾動戰烽（謂庚子之亂）

東舍謳歌月夜聞（昔年住京常聞東鄰絲竹聲）落花時節燕來羣詩成初曉開香奩譜就新腔入暮雲鯁直衷懷惟讓我寬和氣度總輸君德門列戟連枝秀青草春風雁字裙

一署郎官十二年常觀珠玉與雲篇蓮花滴盡欣尋句

柳絮飄零感失眠每思女失眠琴蜨欲燗如繞膝會有仙蜨之異彩鸞入室是隨肩夢雨女無聊情緒頻揮淚每念前塵總悵然

絮庭弱息勝兒郎雛燕雙飛泠謝王彩鳳同歸離紫府翠衣結隊入華堂去歲四月杪有翠蜨廿餘飛繞桂樓庭前書帖如臨晉窗下尋詩更仿唐誰侍蜨樓傳舊業罷琴蔡女隱仙鄉

滿腔鬱悶向誰申梅樹枝頭已減春膝下難求雲路子庭前已失絮才人悲來彩筆憐花詠興盡霜天借酒醇一片歸帆風景麗西泠垂釣作閒身

鄂中苦旱府縣設壇三日未雨筱石亦拈香虔禱

余禱之於大士及女靈前次日即大雨

一瓣馨香禱憐民出志誠祥霖佈郊野仙露滿滄瀛佛力消沈疾兒心濟衆生頃時清鄂渚萬里惠甘垠時甘涼亦久旱民不聊生余默求雨地霑足旋得甘霔云已得雨奇甚

已酉筱石壽辰盆蕙又開並頭者一七瓣者一喜賦

澆滿瑤池露擕來空谷香並頭如比翼交頸是鴛鴦聯步紉蘭室相依婕桂堂素娥鬬清影青女整新妝清浦三徵瑞清江漕署時會有蘭菊蓮皆並蒂吳江兩載祥在蘇兩年亦得兩朶朝陽呈異彩夜月有重光摘句尋幽韻拈詩仿盛唐升庭如

集秀入室似生芳合璧珠光滴連肩雁序行彩衣因獻
壽花氣共飛揚

又

紉佩披飛綠滿盆茜窗風過近黃昏蘭階並挽同心結
繡閣雙歸月下魂碧玉垂環聯袂靜瓊瑤滿盞合歡温
清光長日薰風裏香繞庭闈入寢門

詠七瓣蘭

空谷幽香竟體華竹林文彩鬬尖叉薰風共譜雙聲調
秋夜同烹乞巧茶北斗星明雲弄色西窗月滿劍生花
詠蘭堂上添詩料紀瑞休徒八瓣誇

寄懷靜宜嫂

憶曾把晤在垂髫澹蕩春風繡幕挑斑綵庭前同侍膝收來積雪茗親燒

天香樓外日方長靜掩晶簾因聚香每懼炎蒸還罷繡清歌一曲已斜陽

桐陰新月一鉤痕舟泊横橋夜色昏無限離情同惜別黯然兩下各銷魂謂嫂赴山左之別

幾番聚首幾番離折盡蘇隄柳萬枝此後餘年留故國數椽營就裏河湄余已置屋於裏橋可久聚於武林矣

追憶季英嫂

貌麗才華各整齊繡匳書帙賴提攜吹簫秋夜桐陰下
花影迷離月色低
黃鶯聲繞柳枝頭夢短春宵懶舉眸同步閒庭觀舞蝶
輕風拂處雨絲柔
未持別酒淚先盈催動驪歌心黯驚萬里程途成永訣
花開從此罷同行嫂隨二兄宦於滇南
西窗悼嫂獨尋思每憶前情淚似絲閨閣知心零落甚
一篇寄贈九原知

追憶慧莊嫂

羨君孝念總真誠乳汁滋親手自呈嫂緘言少笑侍姑敦孝每以乳汁奉

母姪女等如饑郎以餅食寒夜漏深勤翦尺自操井臼善調羹

于歸數載返橫橋燭盡清宵換數條何故侵人生二豎

累君藥物手親調余甲午回杭乙未春得重疾幸賴四五兩嫂諸方護之

每製寒衣待漏遲炊薪落葉苦堅持呀呀一隊呢喃燕

每值牽衣戀母慈嫂年逾四十猶哺乳姪輩每牽衣索乳

迷離屬託語如絲一縷燈昏腸斷時今日有兒堪繼後

泉臺阿母可能知嫂解脫時氣息如絲以姪等屬託現登姪已能成立嫂不及見矣

黃鶴樓古時勝蹟當事聽其傾圮而營造風度樓

一笑

時作黃梅甚狂瀾一臂撐鶴飛傾島閣蛇足辱江城伏

鼠終朝喘哀鴻徹夜鳴虛名何所取民命等閒輕受人諂媚而營風度樓不顧民命艱苦河隄草作每爲雨沖坍何計狂瀾挽江山若可撐外臣多結舌內輔少長城玉笛吹梅落梧桐待鳳鳴民脂須護惜舊志勿相輕

已酉初度筱石出詩索和勉成四律

微日照蘭堂停歌罷舉觴名園多麗景世路少綱常聞侵吞賑款者被劾秋浦催歸棹春江誤整裝但將不盡意無語惜朝陽

名山天下盛難覓在山泉雨久傾河岸時值梅雨隄岸傾坍雲濃蔽海天近時風氣以朦蔽糜費爲能失盡樸實之義桂堂撥集句柳岸整歸

船宦境偏多絆停留年復年
大衍年華過飄零冷玉階風塵偏滯足荆棘更兜鞋幽
景營高閣名香麗小齋澆愁同檢韻詩酒兩相借
左嬌何速返世事竟何如雖覺光陰短終難積慼鋤宦
情負流水歸興寄琴書仙迹含眞遠驂鸞盼降輿

己酉六月廿二日由龍華寺歸感作

薰風吹汝返瑶臺難戀雙雙白首哀從此蘭階多冷落
四年眉葉總難開
明知孺慕是天眞豈料鸞車促起身滿腹仙機難盡洩
漫揚秀目欲離神

祥雲一片罩重光，隱約仙容窗檻揚。自道老年入暮境，淒然淚落總心傷。廿一日斜日正照樓窗，窗中忽現女形，見之悲喜交并。

右台近日得新鄰，昔在西泠一面親。竹露松風明月夜，山前應語世中人。俞府兩姻嫁居心仁厚，與余甚洽，昔年攜女曾到西湖一見。

念我年來百病纏，一身潦倒已如煙。通宵睡短偏多夢，若與人言半不全。

一椽營就裏橋頭，欲寄餘身強自謀。猶記幼時相戲語，淚痕點滴滿襟流。昔與女相戲，爲汝造屋娶婦，伊頗有喜色。

橋邊海市幻層樓，不道仙居爲我留。二兒向不信神佛之說，伊曾見海市蜃樓在裏橋。最苦謝庭空積絮，悲懷多繫柳隄頭。

眞誠一念保親康，海島攜來滿袖香。女仙去後余每多病袖內異香不斷或女爲去病也水閣波光多妙景，螺螄門外已斜陽。

憶女

一函焚寄渺無靈，何返瑤臺棄鯉庭。走筆寄兒無別語，椿闈代乞小甯馨。

世事無憑我不明，干戈擾擾總難平。願兒攜得清瓶至，再把烽煙盡灑清。曾夢女手持一瓶內出清氣云灑此可以清世

兩目昏昏欲失明，滿腔肝鬱怎能平。纏身疾病心如結，贏得胸懷是水清。

汝父年來多病身，何須苦苦戀征塵。癡心欲乞神仙力

煙水清波作散人余與筱石皆有退志惟近日舊臣日少出奏恐難　恩准欲託女黯護之

和馮夢華中丞題含眞仙蹟圖韻

茫茫宦海本虛無怎奈層雲蔽　帝都何懼妖風侵正體惟憑皓月鑑冰壺丁未皖省起事賴公維持獲安不期後爲人排擠而退

忠正傳家信有方清風兩袖理行裝都門回首仍留戀北望觚棱總不忘

循環國運但憑天零落民資年復年曷若挂冠還故國悠悠林下遠腥羶世論悠悠好官難久居可歎也

丙吉何能問喘牛江河無復挽狂流尋常一片無波水攪動塵昏徧九州

悼子修姪

四載思兒淚已殘誰知猶子又難安瑤臺豈少修文使
回首光陰若指彈
去歲相隨侍鄂中從容氣度態逾豐不期一藥長歸去
零落殘篇燈燄空
堪惜年華未冠時何其一病竟難持春花秋月成長別
難顧堂前老父思
思歎髫年失母慈不期風雨又相欺右台寄語同堂姊
余鬢蒼蒼若可醫

重九日寫懷和筱石韻

蒼茫一片望無邊楓葉經霜色漸妍新法師傳探海外
儒林舊業棄庭前秋航風送蒲帆影菊盞壺傾珉珥筵
最歎哀鴻無著處强留餘喘待殘年

偶作

悤悤一載誤乘槎又動秋風金燦霞步盡長廊殊寂寞
獨觀細雨潤名花
米珠薪桂漸成荒何故江流又作狂挽得偏災天意轉
萬民無累更無殃
支離滿目令人愁阿柄何堪使倒謀知否孫吳驕子喻
蕭牆禍起戈矛

亭秋館詩鈔卷六

亭秋館詩鈔卷七

錢塘許禧身仲蘐

偕園吟草

題含眞仙影二十圖之五　余爲紋女寫含眞仙影二十圖各題詩詞不一其中固倚聲居多獨第十及十三十四十七二十數圖則兼賦律絶因分録於此其詳已見詞鈔者不復述僅賦詩者則敘其因委也

第十仙驛奉母圖　婢春燕夢其時余欲送女靈由汴回杭

夢至驛店中燈彩輝煌陳設華美見兒以雙手扶余

入內謂婢曰汝等他處去住勿在此歇

因念長途苦停雲驛店開螺鬟隨意挽鶴氅趁身裁婉

轉嬌兒態淒涼阿母懷含顰語雛婢遮莫入簾來

第十三仙舟話舊圖　姪女之仙夢詳見詞鈔

風動池荷自在香仙衣無縫佩明璫並肩細語閨中境

攜手驚看世外裝縹緲峰巒清霧隱玲瓏樓閣白雲藏

黯然臨別容淒澹淚點飄零灑繡裳

第十四蓮座馳書圖　婢阿蘭夢詳見詞鈔

香雲繞戶擁金蓮眉角含悲書漫塡傳語雛鬟歸報母

思兒切莫淚如泉

第十七清瓶渡世圖 婢阿蘭夢

見一大舟兒男裝坐於艙中有古衣女裝數人並一觀音兜者伏於兒前喃喃而言忽見兒起身入内少待更白灰色仙衣出手持腰圓式磁瓶一箇至一處房屋軒敞花草匝地兒將此瓶揭其蓋冒出清氣請問何爲答曰得此世間可以清平

手挽銀河款款來迷離之處費疑猜瑶臺相聚諸仙伴是否清瓶濟世才

第二十長江飛渡圖 僕婦袁媼婢女春燕同夢

天微明夢大江中有船一隻式甚精麗若玻璃裝成

見兒衣鶴氅立船頭手執竹筒有聲四面奇花環繞仙樂悠揚駛行極速別有小船無數船首皆有仙衣女子隨侍

法雨繽紛夜氣澂琉璃畫舫結層層千花垂露羣芳豔一片祥雲五色凝廣樂悠揚飛挽渡客心寥落對殘燈何曾鶴唳風帆駛拔宅淮南許上昇

蜨樓記夢 此下數詩初別為一卷今合編於此

自女仙去三年靈夢甚多雖曾繪含眞仙蹟圖以彰之其後又得十二夢因各賦一詩有倚聲者仍編列詞鈔也己酉二月記

雲中祝壽 一

丁未六月朔余五十初度前一日夢兩女在空中均古裝一拜而去

舉首遥觀雁序行薰風荷蓋住吳鄉身披霧縠亭亭拜手散天花裊裊香鶴唳雲開停翠輦鸞鳴人静舞霓裳庭闈祇爲思兒苦徧灑楊枝代玉漿

幻蝿舞彩 二

仙娜姪女夢一大院中有桂樹兩株見女駕雲下手捧一圓球開出兩蝿如蒲扇大又化出無數五彩小蝿

月中借得兩枝香手捧圓瑩現寶光萬點金星飛翠羽
一雙玉蝀舞雲裳清風宛轉仙音細舊雨纏緜絮語長
秋夜嘯烏催葉落數聲驚覺夢黃粱

海中護父　三

丁未十月筱石航海入京舟中風浪頗大朦朧間見
女衣淺藍色衣言神通與天后閣神彷彿即時風浪
平靜　前數日筱石前室兒丁愼五方伯濟南來函云夢女言往泰山訪友衣藍色衣
汪洋萬頃白波揚滾雪飛花日掩芒浪打船頭無侍從
燈昏篷背有仙裝明珠定海祈天后羽扇和風仗武鄉
霜結冰凝黔路遠征途僕僕撥雲光

按此圖尙題虞美人一闋另錄詞鈔

泰嶽候舅　四

筱石前室兄丁愼五方伯濟南來函云其姪客秋病篤愼兄夢女仙裝來與舅言將往泰山訪友病者無妨其姪爲余姪女芙初之婿姪女素與女最善

潑霧乘風爲父忙神光不令海波揚欲將仙語傳中表

故把禪機致渭陽珠絡垂冠雲結彩寶鈿貼鬢露凝香

孝思恁減天妃篤暫住鸞輧入帝鄉其時筱石入京海中遇風勢甚厲夢女風浪卽平

同夢示歸　五

筱石奉　旨督川順道回黔埽墓余住杭夢少石大兄筱石余及女團坐圓桌閒其時大兄官荊州道醒後即語家中人筱石或可調湖北不十日得調鄂信不意筱石在黔亦得此夢見面談及絲毫無異又晤仙娜姪女云余去年在蘇署曾得此夢與大衆講過竟三夢相同

一庭復聚鄂江濱夢內形容憶逼眞天上孺懷仍眷戀
塵中暮境總酸辛錦帆風穩馳金馬彩仗雲開下石麟
淚滴花箋書不盡滿腔幽悶向誰伸

其二

黔山萬疊夢相同依膝偏多孺慕衷天外碧桃和露降
庭中丹桂入雲空江城自有娛親日臺閣偏無愛主風
又展纖纖排霧手春來穩載半帆篷

蓮臺聽誦 六

丁未臘月姪女掌芬夢珠冠繡襖者坐於臺上有僧
人數衆喃喃誦訴夢者未能視面同見二姪婦即詢
問答云高坐者姑母處繡君表妹也

喃喃一片梵音揚彷彿金爐萬縷香頂禮如聞彌子頌
仰瞻似服藐姑裝幼年閨閣曾相見今日靈山覺渺茫
始信仙凡難問訊塵中幻景總無長

瓊樓傳語七

丁未秋爲福兒授室新婦入門知女靈蹟敬信殊甚早晚焚香默禱於靈入夜夢一青衣婢來隨之行但見白雲迷徑綠草如茵樓閣沖霄女憑几而坐婦意謂是女心甚敬畏欲詢何不同回慰母女意似知曰好在不遠卽命退出途中忽音樂悠揚婢曰此鳥鳴也醒後詳言婢貌如亡婢福奴云

緩步行來似絮茵琉璃殿閣玉爲塵紅閨未作追隨侶
碧漢偏教瞬息親神似青蓮雲繞戶眉如春柳月生新
瑤臺高座微傳意是命青衣促轉身

其二

高低宛轉似琴箏百鳥聲和若鳳鳴拂檻仙風身不繫
飄窗花雨夢初驚瓊樓隱約清光現畫閣依稀遠影橫
星澹步虛天欲曉桐陰葉落已秋生

水中窺影 八

夢一片大水余與女影均印水中皆古時裝遠遠樓
臺亭閣徘徊片刻而醒

水邊樓閣是耶非夢內觀來景亦稀色色空空兒早悟
悲悲戚戚我何依庭中柳絮虛塵迹天外桃源有石磯
十七春光如泡影慈闈輕棄入雲飛

按此下尚有玉立纖絲一夢題聲聲漫一闋編錄詞鈔

率從登樓十

戊申五月筱石夢女男裝無數僕從護擁從東首上供女之樓驚喜而醒

片片旌旗入戶來步虛款款上樓臺遙觀丰采偏難細近視朱顏更費猜搴幔盡除閨秀態報恩原仗濟時才萊衣若再承歡舞懷抱三年一霎開

玉梅獻瑞十一

戊申十月筱石夢如鄂署見女古男裝伏案理塵牘

狀兩廊侍者甚多均手持梅花

香雪沿階滿臨風數陣揚清塵戛將態安社古臣裴夢女衣男裝倚案如擬公事狀援筆行時雨調羹護早陽背親三載違何日報恩長

荷院示靈十二

姪女芙初夢至清浦漕署園中荷芳書院見女坐船中四面紅蓮圍繞即詢何不同回侍母答曰姊尚不知耶望轉言慰母覺清香數陣而別

風靜荷芳院輕舟一葉揚含歡通友誼掩泣詢親康袁浦重行地雲車再入堂片言珍重別鶴唳滿瀟湘

秋雨聯吟

紉蘭堂外晚蕭蕭，桐葉秋深色未凋。亭秋　千里懷人留畫譜，陶某精於繪事，有仙圖十二幅，須繪，盼其速來。一樽款客飲醇醪。筱石　斜風江上孤舟繫，亭秋　細雨檐前短燭燒。酒盡雪甌同煮茗，筱石　臨軒一曲紫瓊簫。亭秋

對酒持螯野菊肥，秋風秋雨雁行稀。亭秋　登高零落參軍帽，舞綬拋殘萊子衣。筱石　荏苒經旬仍日落，淒離三載總雲飛。亭秋　桃源有路無從問，何日仙洲理釣磯。筱石

感時

枝枝梅萼盡含春玉屑輕飄不染塵碌碌天涯何日定
茫茫雲路總無因黃金積滿肥中飽淪沒饑寒苦小民
堪笑秉鈞諸政改終朝鼓舌並搖脣

除夕與筱石聯句

一夜朔風颺飛花六出祥寒窗同檢韻暖閣快傾觴亭秋
山遠迷蒼翠天低接混茫負薪樵徑斷目冷客途長
已覺冰初纈翻疑月有光筱石
清宵梅破萼豐歲稻生芒紅吐銀釭豔寒凝玉硯香亭秋
泥痕留指爪爐火鬬旗槍筱石
搜盡詩腸寂斟來酒味芳歲朝同索句衙鼓繞圍牆亭秋

元旦和筱石原韻

日照江城景色然階前春卉尙生妍階下月季雖冒雪而甚茂嬌紅耐盡風霜裏玉屑飛來繡閣前　北闕大行彈奏諫西窗默念蓼莪篇樓臺一片光明甚柳絮堆庭似積緜連日大雪積之近尺今日晴正矣

階前月季盛開口占

飛絮滿簷牙妍鮮隔歲花嬌枝紅吐豔終日向人華

感世

春雨緜緜江路長波光山色兩蒼茫純陽空有神仙手難挽人間懵懂腸

感懷

此心欲去又句留宦境茫茫不掉頭築得數椽臨水屋
綠楊夾岸繫歸舟
欲斷情魔不自由何時回首擁蓮舟江花夢筆終難定
不若乘風跨鳳游
萬念如冰心已灰春風似箭逐波回蓮航一葉斜陽渡
好向孤山去訪梅
情短情長總是空罡風起處各西東惟將根本牢牽住
他日蓬山一笑同
人生如電夢無痕不管花魂與月魂是有心田牢固在

參禪何必入元門

示子婦

兩小無嫌情總牽謹從姑命敬宗先但將忠孝長存念積善傳家瓜瓞緜

亭秋館詩鈔卷八

錢塘許禧身仲蔆

十月初七日 先君忌日感作

失侍闈前五十春年來定省夢中親椿庭仰望形容渺
蓼室回思訓語眞已歎荆花香寂寞更傷柳絮意酸辛
雲遮海島歸何處鬱鬱情懷久困塵

和筱石留别武昌元韻

何日西湖執釣竿滿懷離緒有千端柳枝折盡凭高閣
菊影凋殘傍曲欄驛路柝聲欹枕聽沿江山色捲簾看
何期又阻歸山計乞退無方誤此官

心性闌珊祇自知但存公憤不存私廿年祇覺雲程速長夜偏憎月影遲

北闕需才難乞病西窗和韻苦尋思驪歌折盡長亭柳別淚盈衫意已馳

不分磩石與瓊瑤僕僕鋒車擁滿軺隱士安貧求實學幕僚無識熱宣驕屬下諸員共欲隨行近奉旨不准奏調亦難勉强也離筵未舉樽前酒別淚先傾心內潮風雪載途須自惜春囘惟祝卸金貂

歸鄉從此了餘年好去西泠聽杜鵑世路笑他如鹿逐故山容我覓牛眠計程目極八千里贈別魂銷賦一篇再向天香書錦字春風載滿盼歸船余所居室名天香樓

贈筱石

時事憂煎每失眠念君帶疾去朝天皇皇　詔旨催人急乞退無方兩地牽

宦境茫茫總不窮更番水驛任飄蓬乘風帆影歸途速山色斜陽一片紅

碌碌征途鞭影長扁舟無奈整歸裝鹿車難挽言無盡須念奇謀預錦囊

一病懨懨不自由終朝默默但眉愁名山故國深堪戀雪滿窗前獨倚樓

十月廿七日楚江舟中不寐聯句

篷背瀟瀟雨亭秋聯牀話別情岸花飛遠道筱石燈蘂
卜歸程兩地愁無盡亭秋連宵夢不成征車催太促筱
石離淚暗相傾亭秋
舊約遲偕老亭秋悤悤感白頭江間風捲浪筱石天際
雪盈舟莫戀名場熱亭秋難抛閨閣愁臨歧珍重意筱
石襟酒說杭州亭秋
五載思兒苦亭秋愁中與病中歸舟惟載月筱石飛蓋
又乘風時局艱難甚亭秋離懷彼此同何時梅鶴隱筱
石煙水故園東亭秋
江岸一樓古亭秋鶴飛依北枝笑他名利客筱石祗解

頌揚辭善掉蘇秦舌亭秋　能開德曜眉漢南無限柳筱石攀折意先馳亭秋

舟中偶作

笑彼爭名客如蜂聚漢陽但知心似火不懼面如霜決盡湘江水難清世路腸宦情何攬攬雲路總茫茫

未得　皇恩允歸田不自由山花隨雪舞江月逐船流怕入燕京地還欣故國留柴門聞犬吠但祝遠人舟北京乃女降生之地不忍再去也

漢江舟次和筱石韻

打疊行囊負一肩辭歸無計再朝天輕塵微雨難留客

巨浪狂風亂入船本擬渡江為風所阻今日踈燈同詠別明宵漁火隔愁眠春蠶絲盡情難斷折盡長條在柳邊

舟抵金陵口占

萬頃蒼茫裏遥天斗柄橫不堪回首處倚棹望南京

和筱石寄懷韻

一葉浮萍北雁傳催殘銀箭獨茫然拈來紅豆書難述挑盡青燈夢未眠宦境無憑遑自主愁腸宛轉總生憐寒更風送聲聲近和韻詩成未落箋

又

但把離懷賦幾篇沙灘風烈阻行船蒼茫萬頃洪濤外

山色浮沈落照邊

車輪馬足起征塵，難顧年來帶病身。黯把心香禱吾女，歸期惟盼是明春。

尺幅傳來錦繡篇，殷勤絮語慰歸船。離情强止終難盡，暫付梅邊與柳邊。

年來我更倦風塵，藥竈丹爐多病身。惟有一絲情不斷，茜窗獨倚望歸人。

寫懷

情短情長逐水流，滿山紅葉正深秋。迴文欲挽征鴻影，錦字重拈待月樓。

天語煌煌難乞退，人心碌碌各專

謀春蠶何故絲無盡挑盡寒燈祇覺愁

又

衣冠濟濟少綱常媚語驕情各擅長宦態隨風吹落葉
世情如絮逐垂楊病多祇覺身爲累眠少方知夜未央
猶盼雞鳴勤報曉一絲日影放寒芒

又

廿年宦海作生涯卜得平安幸抵家謝卻世情惟靜待
山中不負絮庭娃

接筱石懷女詩和韻

曇花一現乘風去鶴夢江流侍母歸從此故園終伴汝

我心如石總無違

得筱石電中寄懷詩和韻

杯酒澆愁否登程不自由征車何急發江水總長流心去隨風澹神馳有夢留柳條何散漫難繫是扁舟

又

晴空自覺江南暖一旦屏開宦海風君在前途須自愛家書來往託鱗鴻

和筱石展榮文忠墓作

僉師眉葉總難開應有雲車風馬來三世忠貞辭闕去數行桃李倚門栽買山未允愁生黛乞歸未允報　國無方

愧乏才（新政方殷）再展松楸元輔墓紛紛清淚溼吟顋

和筱石韻

轆轤轉轉苦尋思癡到情魔自不知蓮漏聽殘驚短夢
梅窗坐盡罷飛巵三千驛路難傳語一幅花箋且寄詩
宦海何期偏滯足連朝有夢共相馳

裏橋新屋上梁誌喜寄筱石

外交新政總徬徨雖有奇謀難預防不若挂冠歸故里
六橋三竺玩春光
居然營就一枝棲和暢春風百卉齊戴笠看山塵霧遠
柳陰深處杖同攜

見幾及早可回頭曹懂場中勿久留惟願春來歸棹速
庭前香雪酒同浮
卜得新居近水樓森森蘭玉聚階頭書香不斷科名草
一片簪纓代代留

送竈日口占

無力披裘倦整貂怯寒珍重可憐宵藥爐愧乏青囊手
荏苒何會問六橋抵杭一病三月未至西湖
神歸雲路奏天皇萬戸千家細細詳善惡分明應不諱
金爐豈枉受人香

病中述懷

通年聚首偏無夢，一别何其夢太多。底是情魔常攪我，拈來詩韻不成歌。

延得醫來亂我懷，五宵驚懼總難排。從今願撇紅塵累，築就借園設小齋。

紙窗夜夜望天明，凍箭聲聲夢不成。病體累人難輾側，雞聲四下一齊鳴。每失眠聞雞聲知天明心中稍寬

滿胸塵垢總難清，怎得沈疴漸漸輕。爆竹催年春已轉，六街人語帶歡聲。

不寐再和筱石韻

卧對青燈不盡思，年來情緒少人知。病多心亂欹鸞枕

樂少神疲罷酒巵但覺滿身如塊壘祇將萬念付新詩

寒更聽盡魂飛越一霎何其神已馳夢與筱石在鄂同上後樓筱石由西首梯上余由東首梯上可謂心記夢矣

祀先口占

一病總纏緜通宵夢不全但將無限意稽首禱姑前

三月之病頗覺悶懷立春黎明枕上口占

迎得春光轉重看百卉香金臺辭紫闕繡閣卻青囊

但祝齊眉壽堪欣繞膝芳偕園同一醉歲歲共飛觴

元旦述懷

攜得山中佳色來歲朝欣看凍雲開微香窗下能清目

疎影燈前可舉杯粲舞庭中嗟冷落詩情案上細敲推
名園同擧齊眉案和藹春風縱棹回
年來生性但癡嬌病體離愁每自撩怕見風雲多變態
惟求琴瑟靜相調天開日朗胸懷爽花豔香濃酒疊澆
仰望蓬山憶吾女數聲長笛入丹霄

和筱石寄懷韻

笑他帝里滿城春袞袞諸公事事新重擔一肩何日
歇清波煙水作閒人
無聊杯酒借詩狂又見春風報吉祥自覺病根難盡去
數聲長歎對蒼蒼延朱小南診治云病根已深一時不能盡去

對梅

一片春光靜蕭疎影正斜窗前如解語不愧是名花

得筱石詩疊前韻

疎香澹影尚含嬌滿腹愁腸祇自撩一曲簫聲惟自遣數聲琴韻有誰調寂寥心性難培養冷落春花懶灌澆最苦此心常百結終朝但祝入雲霄

和筱石韻

香雪花繁繞右台春回已覺凍波開扁舟寂靜乘風穩天闕晴空帶月來尺幅勸歸書不盡滿腔惜別句難裁他時合作淵明隱籬菊擕鋤細細栽

又

傳來一紙拆封筒閱悉情懷又不同無力勸歸惟浩歎離愁積滿在胸中

年來眉葉總難開顛倒情腸何太獃從此推開塵海夢春風未必肯歸來

又

雲靜天多韻春和花聚香探梅吟綠萼惜別罷青囊眠食時時減年光處處芳終朝愁病集無興罷飛觴

疊前韻

深閨簾護處時覺有奇香自抵杭常聞各種異香或女時來日影移窗

隊詩篇人錦囊蓬萊春色滿花月總長芳惟盼鸞車到
瓊山共舉觴

自題道裝小影

雲山回首總茫茫荏苒紅塵爲若忙何苦七情難卽斷
飄然辜負道家裝

得筱石來書卽占寄之

願乞　天恩允輕舟返故鄉春風和靄處花月共傾觴

和筱石寄懷韻

地近京師爵位高難防人語更囂囂素心共見如星月
赤膽何愁吠犬獒詠別鸞箋存玉案盼歸鳩影卸征袍

迴文書盡情難盡和暢春風讀楚騷

疊前韻

湖上春來塔影高扁舟一葉避人囂南山攜手朝靈鷲
北闕抽身遠怒獒杏樹林中橫玉笛蓼花洲裏拂宮袍
白頭同作西泠隱一曲清歌和屈騷

書感四首

篇篇封諫效微忠誤聽蜚言惜蹈空落葉滿庭難盡埽
飛花逐水竟無功新章擾亂民貽害舊制飄流國累窮
貧弱至今難整頓虛懷如鏡且朦朧
行止謙和品亦方居官勤慎豈尋常縱教白璧羣蠅玷

難沒清風兩袖香志士還嫌須有斷諫臣誤奏竟還鄉
貽憂不念護庭愛留得清名他日揚
卻嫌巾幗愧鬚眉雖有冰心難作爲願守鶴田情本澹
欲拋藥竈病何支風波宦海原非戀清潔林泉轉覺宜
落得襟懷如皓月一身剛骨總無移
諫書尺幅志非常如得青囊卻病方直節干霄存勁潔
愛民如雨沛沱滂葵花向日曾何改梅蕚含香久自芳
吟罷胸懷爲一暢三千驛路已神揚

得筱石生日來電詩卽和元韻電寄

濟濟衣冠敞綺筵客星分野尙游燕依庭斑綵香生座

是日黃色蜨來停壽燭旁終日不去心疑女歸望遠神飛日似年祗感帝恩圖報國難將心迹學參禪鹿車自愧無從挽但向西窗一醉眠

得筱石賀壽詩扇卽和元韻

結就同心並蒂蘭漸消炎熱惠齊紈妝前反覆情無盡燈下摩挲幾度看

句如珠玉筆生花讀罷新詩燭影斜滿院馨風人寂寂心香一瓣祝還家

朅來夜夜聽江潮築就新居近裏橋灰盡年來孤癖性此心終日惜雙嬌

冰懷如雪不知春剩得清癯一病身藥竈茶爐聊自惜秋來暫慰客中人

庚戌生日得筱石電詩即和元韻電寄

久矣辭膏沐何由醉酒卮歸帆天際望卧榻病中思愧說千秋慶歡吟五字詩秋期定相見翦燭莫嫌遲

次日又得寄懷一律和元韻電寄

一木難支厦期君安樂窩望雲思宛轉惜日病消磨好種婁莊柳頻探曲院荷歸來多韻事莫使等閒過

蘇州所帶芭蕉芙蓉薔薇種於天香樓後院滋生數倍將一半移植新屋親爲布置覺胸懷一爽口

占一絶

布滿名花處處新一椽築就漸成春歸鴻天際聲嘹處閒倚雕欄數綠茵

七夕

澹澹花光雲片青且將瓜果設中庭癡心黯把雙星禱須女仙槎何處停

感作

一腔鬱恨透重霄何故征帆太覺遥獨怪離懷無可遣澆愁佳釀執瓊瑤

堪憐老境太零丁祇覺昏昏夢不醒一載沈痾何荏苒

藥爐鎮日總無靈

將欲赴津寫懷

五載思兒傷盡心無端風雨總難禁征帆何故催人促
青塚難抛別淚零
青山疊疊已新秋欲守林泉難自由雖向前途何所戀
無憑宦境倦睜眸
長日無聊靜閉門藥爐茶竈近黃昏秋風颯颯聲聲漏
夜靜烏嘑欲斷魂
茫茫幻境本非眞古制飄零事事新國帑漸傾民意亂
堪憐富貴若浮塵

廿年梁孟敬如賓別久離懷總愴神整頓藥爐珍病體
盈盈一水再通津

中秋帶月夜歸

行程何急促病體總難支歸去濤輝滿遙聽漏點遲

申江舟次贈靜兄

雁序江干聚復分別離情緒總紛紛片帆風送行程速
回首鄉關掩白雲

樓船執手總魂銷屏卻離腸又復挑紅日滿江風色靜
故鄉東望路迢迢

秋江自感

片函屢屢促行旌何故悤悤又啟程一抹秋江排雁陣
山頭紅葉復相迎

西子湖邊是里門青山紅樹滿江村右台作別魂銷處
誤把嗁痕作酒痕

瓊玉山頭信有神清光朗朗照乾坤輕風寂寂秋波靜
勝渡飈輪出海瀛

滿腔煩悶透重霄底事仙凡路轉遙舉目繁華何所取
此心總覺太無聊

途中憶偕園

小園秋光步綠茵護花疊石淨無塵臨流一角登高處

遥看行雲片片新

雪練秋波日色新湖山回憶總馳神春風但祝歸來早翦燭借園鬮韻頻

和筱石九日登高韻

品茗清談游興豪滿林紅日共登高籬邊鶴子思鄉里檐外鸚哥惜羽毛幸有名園能助酒愧無佳句續題餻謝庭詠絮人何在心緒無端空自勞

疊前韻

不對花豪對酒豪瓊杯執盡興難高獨憐薄宦同雞肋何日靈禽引鳳毛長夏故園欣解襆端午正在杭城天香樓深秋

戟署共題餓民資零落金戈動世路愁觀總覺勞

重九後二日和筱石元韻

朔雁南飛天漸寒征帆甫卸暫相安登高共賞園中菊倚檻同觀庭下蘭一病纏身心已槁五年憶女意難寬北門重擔何時歇獨對秋風感百端

年來荏苒病中身家務紛繁事必親築屋數椽營小圃買山一角近河濱登高仰望天邊日俯首還憐膝下人猶記初歸秋夜詠小窗翦燭總生春

疊申江舟次韻寄兩兄

江干相聚復相分甫卸行裝家事紛難覓回春醫國手

眼前富貴等浮雲

離懷愁緒總難銷因畏秋寒簾不挑紅日滿窗花圃靜魚書珍重路迢迢

秋夜與筱石聯吟

秋晚夜如何筱石思兒悲放歌亭秋雲容空想像月貌費描摩筱石侍膝生前渺趨庭夢裏多時或夢女春申江上渡隱約步淩波亭秋申江舟中仍以女生前被褥鋪設於對面半夜忽見帳自挂起詢之婢女均云未挂六年成小別風月總關懷菊影搖珠箔筱石苔痕冷玉階亭秋白鷗盟宛轉青鳥信安排筱石遺篋分明在亭

秋傷心紫玉釵 筱石
欲慰庭前感攜來兩袖香桂樓會舞彩瓊島罷飛觴 亭
秋 鄂中桂樓前忽來翠蟯二十餘詢之於人均言羅浮仙蟯 憶爾懷中月 筱石 憐余
鬢上霜 亭秋 寒衣誰料理刀尺費商量 筱石
甫賞重陽節登樓意惘然 筱石 浮生如泡電過眼總雲
煙多病身難健 亭秋 含真蹟已仙 筱石 茫茫無限恨搔
首問青天 筱石

補作送別蓮卿姪女

數月殷勤伴晝長歸途珍重雁雙行花香簾影薰風靜
每伴岑寥慰鬱腸

椿庭舞綵侍飛觴暫緩征帆居故鄉春轉星回歸棹速繡簾深處靜焚香

題徐花農侍郎三似吟詞

漫空一片翠如屏執杖攜琴過短亭山缺似聞雲裏笛菴深靜聽佛前經西樓日隱霞生赤南浦江流浪捲青徙倚閒庭除落葉普天名勝是西泠

步澗臨溪攜錦文深山鹿鶴總成羣題詩壁上香縈筆翦浪湖中霧埽氛病起看花還策杖睡來枕槩欲眠雲長生試覓胡麻飯因乞金丹訪老君

身在蓬瀛得地高脫鉤休作釣中鼇閒評梅鶴邀松壽

靜訪詩人聽海濤曉起看雲攜斗笠晚歸帶月脫征袍
清標不戀浮名貴紅袖添香避擁旄

塵沙避靜喜閒居戴笠攜鋤自種蔬照壁青燈香繞室
生花彩筆玉成書看山訪舊僧應識閉戶辭賓人不如
千載流芳存墨蹟一生逸志繪成圖

和筱石九日登高韻

恨天難補問媧皇皎皎清輝忍舉觴回憶家山餘落日
又從客裏度重陽數叢韓圃花容澹一帶蘇隄柳色黃
穩渡片帆江海闊可能傳信到扶桑

新政紛紛鎮日譁書堂角藝不思家樓中客未歸王粲

海上船聞放呂嘉岑寂蘐堂歎春草飄零香徑惜秋花
商聲一片何喧耳聞倚西窗聽暮笳

十月初二日焚寄丁夫人

落葉炊薪感舊情每教醒眼聽長更東牀容坦華堂贅
蘭室曾經錦輛迎甫發征車情緒永誤人黃榜病魔生
右台何日瓊漿奠應有嬌兒喚母聲筱石春試北闈丁夫人已病及至得第夫人不復見矣

和筱石韻憶女

一現曇花奉玉皇瑤池瓊宴再飛觴飄零玉樹悲殘月
冷落金環歎洛陽老我那堪頭漸白嬌兒猶憶口初黃

春風秋雨偏多感塵世愁觀幻海桑
可餐秀色靜無譁航海曾經到外家舉室共驚天性篤
一門齊羨德音嘉巢空搖落悲雛燕雪後淒涼詠柳花
悵望右台山下路蕭蕭風葉起秋笳

述懷示筱石

行徧山坳又水坳挂冠歸去免人嘲春朝載月尋幽境
秋日攜樽踏遠郊世事如雲幻蒼狗湖山容我繫青匏
登樓共眺橫橋景鸞鳳同棲新築巢

對菊聯吟

秋容珍重護西風人與黃花意自同亭秋圍帶瘦憐多

病後紙窗寒透晚香中筱石　無言對爾心情愜亭秋　有酒催詩唱和工筱石　江上歸期何日定亭秋　夕陽明滅短籬東筱石

蕭瑟秋心晝掩門黃金爲砌玉爲盆亭秋　孤芳傲世何妨隱筱石　病骨經霜不解溫亭秋　合與竹梅三友共筱石　笑他桃李一春繁平生雅抱淵明癖亭秋　早晚移根傍耦園筱石

書懷示筱石

兩心相敬案相莊簾捲西風共舉觴漫把餘音調錦瑟更將疊韻入詩囊青燈伴讀情彌永玉盌評茶味共嘗

嘹唳征鴻秋夜靜一彎皎月過西廊

疊韻懷女

築就西泠嬃女莊清風明月快飛觴扁舟載酒尋花港
石壁題詩罷藥囊宦海拋開身共隱清泉覓得茗同嘗
雕欄倚徧星光燦仙步凌虛降曲廊

閱筱石與文案諸君聯句率賦一律

衙鼓沈沈靜掩門挑燈賭韻鬬詩魂煙籠香澹花憐瘦
風定寒銷茗帶溫擊鉢吟情猶未減如棋時局復何言
主賓喜盡東南美永夜推敲且避喧

長至後二日與筱石夜話聯句

客裏逢長至亭秋春先啟一陽節因添綫重筱石人爲惜花忙亭秋太瘦嫌裘薄筱石無眠覺漏長亭秋寒鴉銜積雪筱石征雁怯嚴霜野菊留佳色亭秋官梅發古香筱石挑燈情脉脉亭秋擊鉢韻琅琅寶鴨煙初燼筱石明蟾夜未央亭秋懷人公路浦筱石適得馮夢華淮上書思女右台莊海上風濤烈亭秋閨中簫笛揚筱石明年歸計早片舸渡錢塘亭秋

十一月二十九日憶女

欹枕無眠心黯傷夢魂難覓女兒莊雲山縹緲何時往世事離奇不可防病體纏緜殊自畏珍饈羅列未能嘗

家園遥望情無限，那日輕帆返故鄉。

題竹洲淚點圖

冰雪堅貞味寒辛，兩代嘗侍姑炊落葉，教子案螢囊血淚斑斑。染賢名處處芳，展圖欽勁節，膝下定飛揚。

憶女

雲掩仙山霧掩鄉，愁觀兩鬢漸如霜。心蒙煙瘴情難醒，病已支離藥懼嘗。錦繡綺羅添我鬱，雲裳鶴氅憶兒裝。華堂荏苒心如醉，回首家園何渺茫。

題龔觀察自壽詩

詩畫怡情性自閒，惟餘游興未全删。庭前蘭葉春生坐

窗外春風晝掩關踏雪攜琴隨意玩看雲帶酒賞心還
埽除宦路沈迷氣買得名山總愛山

和汲姪韻

綺窗梅萼影重重病體愁懷諸事慵冷夜光涵雲色靜
薰爐香繞晚煙濃青年壯志千人選紫闕需才萬戸封
民氣凋殘生意盡愁觀風雪掩秋容

懷女

六載悤悤別何時一夢親音容空想像老淚總傷神夔
女莊前柳桃源洞裏人他時回首處雲水證前身

雪後藏海園憶女聯句

雪後園林淨埽塵筱石 尋梅忘卻病中身亭秋 紅樓日近晴光瀲亭秋 碧沼冰融冷意馴筱石 合坐一樽澆塊壘亭秋 昨宵六出徧郊闉筱石 右台回首增惆悵亭秋 不見庭前詠絮人筱石

偶成

卜得新居近舊廬，門前一水自成渠。柴扉輕叩賓來少，竹徑深藏鳥有餘。梅占歲寒唬凍鵲，柳迎春暖貫維魚。借園翦燭同拈韻，膝下飄零祇自歔。

和筱石藏海園拍照元韻

梅雪交輝兩意親，暫拋塵牘得閒身。漫尋曲沼池邊柳

猶憶仙源洞裏人鏡內衰顏寒倚竹簾前臘意暖生春花朝月夕齊眉案形影追隨歲序頻

題銅官感舊圖

竹帛名垂萬禩春英雄膽氣㤝餘身湘江一片蒲帆影留取丹青付後人

風雨蟲沙年復年人生回首是輕煙旌旗鼓角知何處滄海而今又變田

記否餘皇動戰爭森森劍戟吐光明春秋留得功臣廟遂聽江皋播頌聲

義膽忠肝逝水流相知何必羨封侯銅官一舸悲風起

蘆荻蕭蕭廢壘秋

和筱石詠水仙元韻

常親眉案韻天然玉骨偏投水石緣妝閣每欣三友共冰姿早占一春先寒醿自顧纖纖影臘鼓會憐歲歲妍臘鼓催年人自檢韻拈詩心自感滿腔愁緒惜游仙每惜而花亦惜也得一詩必思及女

辛亥元旦憶女和筱石韻

電光一霎太悤悤鬱鬱情懷睡夢中無奈且將人事盡含悲囘感女心同趨庭省視承歡靜俯案沈吟拈韻工爆竹催年人漸老雲山迢遞信難通

和筱石謁曾文正公祠元韻

虔禮崇祠遺迹留傳流千載祀春秋樓船渤海乘風猛
官柳金城感樹猶遥望青天横郭遠静觀紅日倚欄幽
臨風今日神先往遺像清高繼武侯

詠李文忠公祠

賢輔閎才社稷安也曾隻手挽狂瀾靈祠今日香花供
華表千秋墓木寒舌比蘇秦能御敵謀如韓信早登壇
盛名赫赫形容渺一抹蒼涼夕照殘

感時

鳳城春色未爲高宦性蒸蒸與太豪仕路疆臣俱擱筆

天家貴胄欲吹毛山中泉水邀清興園內名花賦廣騷客裏鄉心拋不得願將蓑袂換宮袍

和筱石元夜河橋觀燈韻

元旦露華蒸清宵萬戶凝銀花開火樹雅謎試春燈筱石新正作燈謎遣興宦海愁雙目仙山隔幾層惟將不盡意握筆寫吳綾

病久懼熏蒸余病將近一年精神委頓興致毫無更長夢不凝心如一片月明比萬家燈飛絮伴瓊疊庭前積雪成堆名花似錦層牡丹海棠開之甚茂深宵傳蠟燭春滿漢宮綾

和筱石韻示福兒九姪

趨庭習詩禮休看董園花嫣水遺風厚金臺落日斜平安常報我忠厚久傳家別有金鑾恨蒼蒼兩鬢華

和筱石韻

光陰荏苒愁中過日月更番年復年海外風濤消雪後庭間梅蕚占春先孤帆遠影歸舟穩墟里輕煙落照前欲覓村醪拚一醉攜來還有杖頭錢

亭秋館詩鈔卷九

錢塘許禧身仲蕿

憶寒山寺和筱石主人韻

回首蘇臺憶昔遊杖藜扶我過橋頭清風入耳濤聲遠
紅葉漫山已報秋
漁火江楓暮色濃雪泥鴻爪寄行蹤何當共載瓜皮艇
重聽寒山夜半鐘
佳句流傳每易訛殘碑斷碣幾摩挲說詩幸有曲園叟
壁上留題字不磨
十里鶯花闤闠廣場金閶門外月如霜何人領得清涼趣

一道虹腰踏蘚蒼

上巳觀劇和筱石韻

勝會幾忘客裏身獻籌交錯欵來賓如聽天上霓裳曲
惜少庭前舞綵人開甕喜嘗千日酒看花休負一時春
衣冠半是詞林客修禊欣逢上巳辰

詠水仙和韻

玉潔冰清水石宜窗前花信未嫌遲亭亭耐得嚴寒味
又向春風共展眉
浣誦佳章筆吐光淩波未減舊時妝瑤臺擕得長春景
分贈東風數本香筱石送徐花農侍郎石榴水仙各二盆

春日遊園和韻

日高花影尙纖纖桃李東風畫意添新茗細烹欣味永
輕緜初試卻寒嚴半灣池鏡開眉黛一曲宮商繞指尖
春色滿園觀不盡愧無佳句詠香奩

嫏嬛精舍聯句

一覽名園勝亭秋東風繫客情筱石綠垂春漸老亭秋
紅溼雨初晴筱石雲鎖長廊靜亭秋波澄曲沼清魚知
穿荇樂筱石鳥弄惜花聲亭秋日色天邊近筱石潮頭
海上平亭秋不須三徑埽筱石得句喜同賡亭秋

騁懷軒晚興聯句

初夏薰風輭相偕步綠陰長空仙蹟渺亭秋曲徑白雲深活火宜烹茗鳴泉似鼓琴主恩無可報筱石歸隱有同心亭秋

一望平鋪翠林深鳥弄簧亭秋帆收斜照影風送半池香筱石軒靜欄同倚亭秋波平海不揚筱石七年無限意兩鬢各成霜亭秋紋女一別七年悲鬱難遣漸成衰病

藏海園聯句郎送趙次山督部出關

底事詩腸澀亭秋懷人夜出關短衣千里別筱石匹馬幾時還瘦骨支離甚亭秋雄心自在閒無忘發祥地筱石再造舊河山亭秋

又見兒童樂（篠石）重來竹馬迎使星旌節貴（亭秋）甘雨黍苗生日近心常捧（篠石）風高袖本清匡時須努力（亭秋）珍重故人情（篠石）

藏海園聯句

領略名園勝（亭秋）清和四月時鳥喧人寂寂（篠石）春去日遲遲翻砌花圍帶（亭秋）垂簷柳挂絲駐顏憑酒力（篠石）多病怯風欺樓外數聲笛（亭秋）牆頭一角旗天中佳節近（篠石）繡虎費尋思（亭秋）謂敍女昔日午節必作繡虎

題湖天春泛圖

六橋三竺最悠悠大好湖山一任游載得扁舟明月滿

春光相暢獨句留

鶴與琴書一舸收西泠風景總常留蘇隄煙柳清塵俗

得句高吟獨醒眸

和筱石初度日花下作

筆端丰采句如蘭詩戰吟壇聞倚欄每逢生辰與文案諸君唱酬極一時之盛日朗天清　明主聖風和雨潤庶民安腸迴我似車輪轉數年思女無時或釋遇生辰年節尤甚胸次君真海量寬春滿畫堂香繚繞趨庭猶慰膝前寒早聞拜壽時異香盈庭吾女來定省矣

和騁懷軒聽雨韻

宦情一何熱風雨不知寒酒味殊嫌薄詩腸未覺寬登

山懷謝傅運甓效陶桓鎮日思歸切徘徊九曲欄

一雨清餘熱輕羅微覺寒倦遊花徑溼歸棹海天寬民力肯輕竭士風休倘桓望雲心悵往且自倚雕欄

晚興

雨過園林綠輕風送晚涼士風趨詐僞民意總安詳惜少囘春手難言愛國腸天錢三十萬爲問幾時償

此理費人猜愁心何日開夢魂仍縹緲仙步盼歸來夜漏銷紅燭春郊潤綠苔望雲情脈脈奚處是蓬萊

和筱石韻

客裏韶光感鬢毛臨池杯酒醉葡萄惟將心迹邀明月

欲斷情絲乏并刀林下甘泉聊自遣客中風味笑徒勞茫茫宦海回頭岸整備歸舟快著篙

騁懷軒憶女感作

花氣覺幽香風輕送晚涼滿懷仙子韻難覓女兒裝虛度添惆悵每值初度更覺鬱悶眞情憶故鄉病多心惴惴終日自徬徨

檀降入蘭房神歸侍繡牀昨晚聞檀降香覺夜眠較往日稍安黯攜瑤島草來侍藥爐香每有不適取供女前爐灰服之即效仙蹟含眞違親心何日償右台回首處淚點溼羅裳

疊戊中初度韻

滿院花枝豔，微風細雨天。輕雲明似水，長日宛如年。悵望瓊瑤闕，愁觀玳瑁筵。最憐雙鬢白，絮舞冷庭前。
病久偏多睡，衷懷有幾知。宦途須撒手，故國早舒眉。對景觀時雨，開軒誦雅詩。和風馨滿座，欣讀樂天詞。

偶占

廊外雨纖纖，名花照眼鮮。薄羅難卻冷，夏至著重棉。

和筱石主人詠鶴韻

水驛山程幾度新，桑田滄海水雲身。觀光上國無雙士，一出陽關少故人。小住名園爲寄客，大開詩會識佳賓。聲聞天闕飛鳴遠，高志沖霄不慮貧。

夏日與學堂諸閨秀聚詠

馨風吹得佳賓至雅集名園消晝長 亭秋 鳥語枝頭聲瑣碎 道如 蜨飛花下影悠揚閨門自有清操志臺閣難求冰雪腸 亭秋 一局何能陪謝傅探驪無術愧登場 懋芸 自憐病久不舒眸邀到名姝且唱酬 亭秋 簾影沈沈人寂寂花香拂拂興悠悠 懋芸 閨門雅聚園林勝文士風流翰墨投 亭秋 刻蠟燃膏緣底事騷壇贏得一清幽 懋芸

藏海園晚興

漫步牆陰細細評名花照眼栁相迎亭亭池沼擎荷蓋曲曲闌干鎖豆棚清夢初回雙鶴舞晚涼微覺一蟬鳴娜嬛小立吟懷遠自起開簾待月明

六月十九夜不寐憶女

與汝仙凡别春秋又幾番中懷常似結雙鬢漸成皃夢繞錢塘景神馳嫛女村輭紅偏絆足何日返柴門

又

客窗獨坐黯消魂衙鼓沈沈掩戟門風過簷前燈照壁思兒無夢伴黄昏

藏海園夏夜聯句

暫領名園勝亭秋凭闌百感并凝香官閣靜筱石息影海波平天濶雲多幻亭秋樓高月倍明紅搖燈一角筱石糁泛酒雙罍疊石看獅舞亭秋飛泉聽鳳鳴閒情催漏箭筱石涼意撲簾旌永夜何嫌寂亭秋明朝又放晴折花殷獻佛筱石又向普陀行亭秋明日十九爲觀音大士誕辰

藏海園晚興

習習輕風漸晚涼滿池花氣送荷香仰觀雲色偏多感一曲清歌繞畫梁

游藏海園憶女

長日悲懷黯淚流六年戀戀但凝眸身居錦繡偏多感

心念林泉難自由秋色籬邊花似錦水晶簾外月如鉤
宮商一曲天微暮隱約明星傍綺樓

寫懷

西泠泉水總清流再踏名湖可醒眸一綫洞中尋佛蹟
半山亭畔究根由籬邊靈雀難伸翅池內游魚易上鉤
回戀橫橋新第宅數聲長笛倚高樓

和韻偶成

且向園林望雲起竹籬曲折任游行緩步花陰來復去
何日行程動客旌秋江風靜歸帆穩再看兒童竹馬迎
名園佳景雖堪戀那比西泠湖沼清新荷出水無漬滓

一片冰心水閣生階前萬紫千紅鬬不及亭亭惬我情階前野花甚多不及新荷之亭亭玉立也新雨點池花欲語眉棻澆愁飲巨觥病後清癯偏易醉滿腔情緒對南榮從此年年願共賞君歌我和句同賡仙雲仰望升西矣夕陽澹澹照花棚

和筱石銷夏元韻藏海園言景憶女

欲去塵囂愧未能滿懷心緒冷如冰仰觀天色行將暮隱約疏林數盞燈

一病年餘難復健每逢佳景强登臨雲生萬疊明如錦數點斜暉挂柳陰

回首梁園遇急雷七年眉葉苦難開心神恍惚愁如結
日盼仙車入夢來

遥聽漏點一聲聲塵事紛煩何日清習習清風花圃靜
霞光萬道護雲旌

鶴聲清唳繞詩窗譜就新詞字字雙鐵柵收來難展翅
汝還知否念宗邦

綠黯紅稀踏輭苔亭亭荷蓋傍闌開一池清趣殊堪賞
嫋嫋蜻蜓點水來

不嫌芒刺可兜鞋爲愛名花雙目揩歡聚一堂權埽俗
故教杯酒早安排

飲罷羅衫剩酒痕不禁回憶故園村橫橋風景殊清絕何日扁舟返里門

園中即景聯句

卍字欄杆八角亭 筱石 嫏嬛小立看雲停新荷拂檻無窮碧 亭秋 細草侵階不斷青睍睆流鶯輕弄舌 筱石 翩翻老鶴對梳翎朝來一雨涼生簟 亭秋 晚待雙星靜倚櫺四壁疏燈簾外影 筱石 半池明月鏡中形山居泉石偏難隱 亭秋 天際仙璈未易聽千里懷人詩代柬 筱石 七年憶女夢通靈每逢佳日多生感 亭秋 宦境茫茫水面萍 筱石

又

納涼小坐爲看荷筱石衣絳仙人手朵多。一道流泉如挂壁亭秋津署藏海園流泉由山壁而下，半灣初月已瀲波。竹牀讀畫容吾懶筱石茗椀催詩對客哦。何處晩花如錦繡亭秋雙橋風景憶橫河筱石

花上欄杆月上樓筱石新涼燈火夏如秋。蒼茫暮色風初定亭秋自在行雲水共流。翠蓋亭亭銷伏暑筱石晶簾隱隱度清謳。數聲玉笛西牆外亭秋回首鄉關萬里愁筱石

藏海園作

亭秋館詩鈔

臨池小坐愛荷香翠蓋亭亭丰采揚蜨戀名花縈畫檻燕偕舊侶覓雕梁薰風習習名園靜夏日遲遲藏海涼回首湖山何日轉數聲長笛入雲鄉

攜得嬌孫步綠苔花陰深處暫徘徊雨微草綠亭階滑風細雲青天闕開滿目朝光無可遣一腔愁緒又重來但求航海歸帆速再駕輕輿到右台

憶女

藏海埽塵氛花香雨後聞凭欄臨曲沼倚檻望行雲添我胸中鬱憐兒故國墳兩女皆卜葬於右台山此心終攬攬塵務太紛紛

七載感雲飛流光日漸非病多憐步輭樂少患心違仙
境蓬山遠家書故國稀滿腔無限恨何日欵柴扉

廿二日求晴

一意禱虔堅香煙已達天陰雲消四野旭日照窗前草
澤英雄歎中原戰伐連蔓延無可止不若隱林泉

和韻詠時

情投共領墨痕香漫拂花箋吟興長竹外倚闌窺澹月
蘭心品茗納新涼連宵風雨吾多感萬里烽煙民自狂
一片漏聲偏擠耳滿腔愁緒夢難長

中秋即景

鼓角聲聲靜戟門還將詩句細評論燈前聚話興衰事
共品龍團作酒樽

海上濤聲誤浙潮前宵風雨甚猛朝來蜂蝶舞纖腰秋風吹得
花枝瘦譜就新腔一曲簫

花舞闌前月照窗鄉思無盡對銀釭重簾不捲因風烈
歸雁雲端比翼雙

浙水名湖次第尋雲山深處訪仙禽柴門靜閉花如繡
一片清輝照此心

詠鸚鵡

鸚鵡簷前巧語忙連朝風雨惜年荒連日苦雨今幸天霽憐他麗

質非凡物爲鎖雕籠翅不揚

秋節詠懷

涼月漫西洸家家坐夜深清光明檻外秋影過庭心玉盞斟新茗苔痕染舊襟驚濤平碧海歸棹轉山林

又過團圞節鄉心憶舊樓風聲疑夜雨雲色幻深秋搦管詩拈韻開簾月上鉤蓬山何縹緲歸意繫心頭

得何潤夫侍郎淑配喬夫人和韻詩疊前韻

梁孟相莊寄國門惟將詩句細評論雲煙滿紙清才妙舉案吟成共一樽

春來和暢度江潮風拂長隄柳舞腰寰海澂清民意樂

清音遥聽洞庭簫（意欲南歸，聞鄂亂而止，擬明春再整歸裝）

六橋三竺細追尋，愛女莊成聽囀禽（於西湖買地一區，爲女築莊，名曰愛女莊）。
祇惜謝庭何冷落，病多潦倒老年心。

竹影横斜照茜窗，笛聲一曲背銀缸。
遥看碧落清如水，月裏嬋娟影對雙。

酬寄喬夫人

丰采翩翩一紙裁，花箋珍重手親開。
清吟疊出齊眉案，妙句欣覩吐鳳才。
秋水長天歸雁去，春風短棹客帆來。
借園且試新醅酒，好向西湖共探梅。

和喬夫人來韻

浣誦新詩子細詳花枝弄影已斜陽欃槍滿地何時埽
刁斗驚心入夜長歸雁穿雲飛海島炊煙出樹隱村莊
欣觀妙句清才絕惜在天涯各一方

詠蜨憶女

翩翩墮下有來因秋日花繁誤作春應有心情獨世亂
仙風吹醒夢中人時已九月有黃色蜨旋菊花旁或女來解亂

又

雲靜天高日落時迴翔飛蜨墮花枝干戈攪動平何日
洲島雲深定已知南國塵氛須埽蕩北門鎖鑰賴扶持
清風栩栩庭前彩應慰椿萱不盡思

干戈不息感而有作

徧地兵戈釁驟開誰爲戎首突然來良醫莫展回春手上將須求退敵才敢說長城容坐鎮甚於洪水困沈災一門忠孝成奇節導引旌旗欵欵來陸中丞一門殉忠殊深敬仰

聞鄂事有感和筱石韻

攪動干戈未肯休江風慘澹正深秋心如轆轉懷　龍闕意在遙天念鶴樓鄂渚居民成蕩析漢陽戰士少機籌西冷悵望湖山靜何日歸帆任我游

偶成

四海軍容漸不支憐君病體苦堅持一身不負　皇恩

重數載沈迷宦迹遲叔季人心難挽處天邊月色正明
時仙風儻拂層霾散試問瑤臺知不知

又

我已偷生十二年思兒悲苦總相牽春花秋月恩恩過
雨鬢皤然疾病連庚子拳匪亂至今十二年
閨中憂國起愁腸爭地爭城爲甚忙或者天心猶厭亂
消除劍戟事農桑

示學堂閨秀

蛾眉壯志豈纖微講舍觀光耀國旗夢繞慈親懷內綫
寒生游子客中衣飛雲出岫知音少愛日承歡孝養違

風雪滿涯須自惜願隨歸雁向南飛

送張志蘭回南

衝寒航海慰萱堂定博親心喜氣揚一水盈盈神早越
高樓倚處望家鄉

長夏偏教一面親愛他憨態出天眞秋風何故催人別
悶望行雲黯出神

感時

四野戈鋋漸不支天心如海總涵之宗磐人物飄零甚
可有擎空隻手持

堯母賢名頌八方帑金不惜助餱糧初秋 隆裕太后出內帑賞戰士與

饑民等深仁厚澤由來久士氣從今定激揚

詠時和筱石韻

遙瞻　北闕總酸辛黼扆無權事事新釀就危疑淩
弱主拋殘老幼苦良民堪憐金粉南朝地飄泊烽煙楚
水濱何日片帆江海穩荷鋤自作種花人

幾處烽煙次第收但憑天意能貔貅勳名已上麒麟閣
妙手重回鸚鵡洲黃鶴樓前風息定洞庭湖畔月光浮
聖朝自是恩如海消去胸中萬斛愁

天清日朗滿江河漁子垂綸樵伐柯慰問瘡痍民氣復
湔除戰氣瑞雲多南荒仍戴　君恩重中夜休聞起舞

歌好啟柴扉尋舊隱春風秋月及時過

對梅懷女

花枝珍護不辭辛隔歲瓊葩又復新梅萼數枝移置窗前即去歲復盆者浮動清香消劫燄橫斜疎影鬬丰神窗前新月輕雲澹簾內餘馨更鼓頻回首里門增悵望右台山色已成春右台山女墳前徧種梅花數十枝

十一月廿九日焚寄紋女感時

一炷清香拂羅巾盡淚痕神昏腸已斷何處覓仙魂

夢寐頻年別烽煙萬里塵謝庭何寂寂遙寄膝前人

世事逢陽九吾兒幸早行故園翹首處香雪右台生

帶病懨懨過愁觀世事更夜來難入寐心緒總難平

感時

朔風吹更惡久客欲何之雖愛楸枰好難觀殘局棋

風烈何時息天高日影遲挽瀾雖有志事已至如斯

又

垂老蒼蒼鬢酬恩亦大難空存　君國志權作夢中看

脈脈銀河水飄零舊錦機雲章無五色寂寞冷斜暉

元宵詠時和筱石韻

干戈催動平何易老幼拋殘若箇憐閒坐客窗共明月

斜欹病榻憶林泉清晨江水平如鏡昨夜街聲火燭天

孤負元宵好風景一腔忠憤念　君前

丁沽寓齋和筱石韻

萬木春時已轉青移居暫避大沽丁干戈攪動心生憤旅客愁多體不甯一載　殊恩慚報稱半窗清夢感飄零西泠回望浮雲滿遙對長天數曉星

和大兄春歸元韻

江南風景總依依已過春朝尚未歸動地波瀾何日定數番變幻古來稀心頭飲恨悲青瑣眉角含愁念　紫微廿載　殊恩難報稱願將宮錦換蓑衣

和花農侍郎紀夢原韻

珠璣落紙本天工捧讀佳章佩五中潦倒情腸緣愛女
消除塵刼仰英雄西泠湖畔桃花雨揚子江頭楊柳風
何日理裝重買棹右台山色不朦朧
幼年喜誦蓼莪篇小步趨庭問字連一卷毛詩傳老母
滿衙花影會羣仙須來詞苑淩雲筆整備江干載月船
荏苒光陰春日暮長隄柳色已飛緜

春日懷女和花農侍郎韻

髫年隨意挽雙鬟彷彿形容隱約間畫閣沖霄延舊侶
珠簾垂地聚仙班（前筱石夢女與四五仙女圍坐簾下女坐第三坐）光陰一霎
歸瓊閣靈迹連番憶故山幸得高人傳妙筆墨花飛處

彩成斑

又現眞靈頃刻中夢占維虺勝維熊句如織錦紛紛彩
文似穿珠字字工林下流泉輕世俗天邊飛雁入長空
淩霄自有清華志徵示擎天一片衷

尺幅煙雲錦繡篇駢珠疊玉總相連繪圖記夢緣嬌女
索句求題仰謫仙楊柳因風庭畔絮桃花流水渡頭船
思見滿腹愁難盡情緒如蠶絲結緜

世事而今不忍言休從赤壁問曹孫痍傷滿眼憑誰療
幽憤塡胸向孰論金甲許窺蓬島影玉窗記取桂樓痕往在武昌節署燮桂樓與筱石攝影女留照於窗中曇花一現須臾耳賴有佳詩

感沒存　花農侍郎以其母夫人都梁香閣遺集見示敬題

一律

林下風堪挹，才名與德齊。速賓陶侃母，舉案伯鸞妻。藻采題黃絹，花封降紫泥。遺編殷浣誦，鄉夢到湖西。

和周道如女士韻

自憐生性厭喧譁，獨倚晴窗望暮霞。爲戀閨英臨舊地，更觀親種滿園花。

偶成

江山錦繡倩誰扶鬱鬱襟懷愧丈夫浮世升沈何足論

辛勤權作灌花奴

一樽自酌漫成歌樓外薰風感慨多仰望長天歸未得

滿腔煩悶意難和

感時

冷落長安舊日宮滿城荆棘聚叢叢吹來烽火層霄外

攪動干戈一載中五月閒居江草碧六街慵踏軟塵紅

江山依舊空惆悵椎髻徒高隱士風

漏聲隱隱未央宮殘月疎星花影叢九曲愁腸江海外

滿腔忠憤夢魂中倚窗遥望長隄碧翦燭微窺一角紅

別有閒情吟不盡長廊寂靜引東風

樓上新秋詠懷

雨後秋光淨似揩小窗景色亦稱佳橋邊楊柳紛紛舞
天上星辰密密排一曲清歌隨笛韻幾番拈句鬬詩牌
感深特達無由報賸得歸心兩意偕
畫裏晴嵐鏡裏樓羨他江水向東流幾番幻迹仍如昨
一片歸心已入秋隄上風光堪醒目故鄉煙景總凝愁
遙知樓外樓中客戲折花枝作酒籌

七夕

玉露金風又一年前情如夢夢如煙樓中瓜果仍然設

不見吾兒貌是蓮

蒼蒼兩鬢近衰年以後情懷已似煙滿腹覊愁向誰語

西泠何日采紅蓮

將有南行和筱石韻

牽絲布網密張羅忽忽光陰荏苒過變幻風雲從古少

奔流河海向東多青山買宅今歸矣紅燭燒殘奈老何

遙望長安休極目滿腔忠憤託悲歌

亭秋館詩鈔卷十

錢塘許禧身仲萲

淞濱集

中秋前一日申江望月寫懷

望京依斗總心酸國事如棋壁上觀傳漏宮中猶似昨
飛書海上總難安投簪幸喜歸田里竊藥曾經幾燠寒
佳節樓頭同舉案且將杯酒慶團圞

感作

天上愁雲黯無聊對酒樽光輝仍日月治亂此乾坤花
下車聲轉樓前鳥語喧寸心終鬱鬱北望倍銷魂

詠懷和筱石韻

回望長安淚落襟幾番無夢聽更深夜將玉椀評新茗
晨采名花插寶簪檻外車聲何轆轆欄邊日影太沈沈
天涯一任層雲滿胸有珠光總不侵
六街景色暢胸襟倘覺愁腸鬱鬱深滿眼滄桑悲世局
一腔忠憤謝朝簪風濤海上飈輪急雨雪當途禁漏沈
但把此心盟皓月紅塵渣滓豈能侵

花農侍郎以齋中新開綠菊二枝寄筱石且賦詩
索和筱石有答余亦漫成二章

徐公畫法比椒畦（吳中王椒畦先生善畫侍郎藏有先生山塘踏月圖）三徑傳神

彩筆擕花影伶俜憐蜨抱草痕深淺護蛩唬新霜老圃
千枝傲秋水長天一色迷五柳柔條搖碧處柴門不敢
鳳輕題
西湖蒓菜此剛肥送酒無須待白衣早向青門鋤繡壤
絕勝黃萼鬬金徽比來修竹濃如許量到孤松大幾圍
應笑楓林爭絢爛亂飄紅葉繞煙磯
綠和作

詠綠菊步花農同年侍郎韻　筱石

沿籬隨意到花畦玉杖逍遥手自擕松徑雲荒疑翠染
楓林雨過笑紅唬折來袖底寒能傲插近眉邊黛欲迷

會賦白山茶並蒂秋來非復舊時題春間君賦並蒂白山茶余有和章
萼華休共雨梅肥不待囘黃已染衣濃酒新醅尊對影
孤芳古調綺彈徽緣深青女吟秋圃骨傲黃金薄帶圍
波泛櫓搖煩背指肯同苔點上漁磯

筱石和王子展觀察辛圖二韻詩與夢華中丞各
疊韻至十次之多以稿寄花農余亦勉成二律附
書同寄

南船北馬歷艱辛暫向淞濱寄此身世局已嗟輸似弈
王言無復如出綸江湖落拓容歸棹戶牖綢繆憶束薪
動靜萬端觀自得優游山水智兼仁

青雲親見展鵬圖聲價當年重五都爲欲尋詩烹玉茗頗思調水寄銅符南徐學派推元直花農爲元直先生後見所著誦芬詠烈後編北孔書家數信夫往時書家號南梁北孔梁謂吾鄉山舟學士孔謂信夫先生繼涑也近日才人都遁迹白鷗相對隱菰蘆

錄原作二十首之四

四疊前韻酬夢華　　筱石

才兼屈宋調蘇辛君能文工詩尤善倚聲鄴架曹倉寄此身宋石磯頭曾弔古汜光湖裏好垂綸俊游此日同攜酒君曾招紹依諸君酒樓賦詩廉吏他年子負薪君解官後兩袖風清令人欽佩時局蜩螗君莫問閒居一賦學安仁

尺幅他鄉笠屐圖征衣先後寄成都與君先後游蜀香山近體
酬元九公瑾同年友伯符漫道建牙雙節度依然識字
兩田夫何當把酒霜天晚秋筍登盤折短蘆

申江夜雨有懷少石大兄八疊前韵

又

向平婚嫁足勞辛兒女成行累一身今夜又虛聽雨約
何年重理霽虹綸南明河霽虹橋爲童時釣游地榻容鼾睡戈橫枕時伯兄居青鳥
桐到全焦爨泣薪莫怨山中薇蕨苦夷齊當日本
求仁

齊煙九點眼前圖咫尺勞山近紫都白首同心縑比素

青精叩齒玉爲符鷁舟夜話偕仙侶謂林訥書同年蜃市朝游狎販夫詩罷憐君更憐我倦飛鈍鳥倘栖蘆見五燈會元

西湖六憶

放鶴亭

當年高士此幽居萬樹梅花帶月鋤今夕憑闌誰領略鶴聲喚徹夜窗虛

彭盦

藕花深處築吟盦名將風流擅美談何日小瀛洲畔泊其地有小瀛洲坊額彭剛直所書也坐看月影度三潭

俞樓

鴻儒當日說經樓六一泉旁勝景收杖履不來春尚在碧桃開煞對簾鉤曲園先生有春在堂集

法相祠堂

定光古剎擁慈雲法相爲定光佛道場眞像至今尚存下有崇祠薦飶芬記得夜深聽雨處隔隣時憶女兒墳

右台山

女嬃於此久埋香月白風清夜色涼會有仙蹤頻入夢今宵或者覿明璫

天香樓

手種庭前金粟枝月華午夜最宜詩秋來一樣花開處

泠露侵階定不知

湘綺先生寄筱石長歌一篇筱石有和皆傑作也

余未敢續貂勉書一律於後

秋風江漢水波騰偉論都由慧眼徵欲覓仙源從泛棹

也如佛法有傳燈樓誇風度人何處經續離騷怨不勝

聞道瓣香金共鑄山頹猶憶抱寒冰

筱石步至徐園成七律一首余亦欣然有和

賭韻尋詩豈畏勞君才工麗比枚皋天然路穩非關杖

自在舟行不用篙是處有花春早透晚來得酒興同豪

性眞葆得長生術無待香分曼倩桃

錄原作

病起步至徐園小詩錄請花農同年正句　筱石

信步尋幽未覺勞蒼然暮色滿林臯三弓徑僻雲雙屐一鑑塘開月半篙宿鳥似驚入影瘳晚花相助客吟豪清游不減王猷興看竹何須宴李桃

夢華中丞七秩生辰筱石賦五律四首余亦次韻爲壽

不攜邛竹杖看舞老萊衣（中丞與筱石皆曾至蜀）爲有籌添屋時聞客欵扉耆年侔綺皓故老訪箕微一笑開尊處怡然任化機

名園同散步芳信早梅探主是徐城北筱石昨有步人至徐園詩如陸劍南宮花傳及第公丙戌以第三人及第諫草冀同甘公抗疏劾不職者爲當軸所忌治譜沿江誦清風播美談平生惟伉直志欲起頑廉吏隱一身擅行藏兩美兼山居人自壽仕路與殊厭干驅何能浼簞瓢轉不嫌勝地投金瀨公家金壇餘風憶昔人目窮天以外迹遯海之濱刻畫諧宮徵公善倚聲拙詞曾荷賜題從容適性眞願陳無量頌丈六現全身

錄原作

祝夢華同年七十壽　筱石

報國千秋鑑還鄉一品衣鳩扶黃髮杖鶴護白田扉晴雪上初日長庚入少微編年書甲子與世早忘機帶草德門長榜花金殿探政碑先皖北書種繫江南蜀柏淩霜肅湘蘭化雨甘吳頭銜楚尾風便接高談一笑還初服幽居在讓廉樓臺無地起仙佛喜身兼煙水蓑蘋著雲山屐未厭黃花香晚節容澹復何嫌紅杏曲江宴晨星賸幾人題襟會漢上翦水又淞濱咳唾新詩富鬚眉古貌真後凋有松柏珍重百年身

連日瑞雪盈尺滬上故老云十餘年來所未有筱石函告花農侍郎得報書謂古人有言今日始有

春夏始知寒暖蓋公之謂因次壽夢華中丞生日
詩賦四律見寄雖不克當而語有至理筱石出書
見示余因申此意成長歌三十四韻兼質侍郎也
南中氣和融朔風聽忽緊彤雲四面遮寒威輒凜凜須
臾開六出飛花競成陣積潦悉凝冰遥林皆失影鴛瓦
厚無稜螺峰堆没頂坦坦履道平缺陷惟玉井雖比精
衛填轉與漏巵等理各有所宜萬軌豈同軫我聞父老
談盼澤久延頸光陰十數年飄忽意殊靳始焉玉霰飛
旋見銅鉦炳侵階不盈尺屢喚袁安醒芳塍動失望萌
芽慮祲疹何圖今冬來一夕生驟冷玉龍十萬隊翔舞

亂馳騁通宵至達旦萬物入融渾乾坤玉田滿世界銀河耿鶴語噤無聲猶記堯年準登樓起眺望晃漾闘奇景遥知孤舟客獨釣一竿秉且識三農歡來歲慶豐稔寄書向京國得報語新穎謂是詩人來造化通俄頃始能正四時寒燠不淩紊斯言固莫當名論洵英敏我無因風句柳絮吟未穩亦啞煮團茶羊羔傲俗吻惟思去年來烽煙燭天炯焦土或成塵腥風海波滚經此一蕩滌萬穢得清淨冰壺無片埃欲唾轉不忍聊將心迹指愧乏清歌引隨鴻詩可附莫踏瓜泥印惟冀和陽春令我曲聽郢

録和作

亭秋賦喜雪一歌才氣縱逸余亦勉和一篇寄花

農同年並正　　　　　　　　筱石

曉窗凍雲滿披衣覺寒緊盆花澌瑟縮池冰驟嚴凛豈

奪蔡州圍午夜初列陣豈泛剡溪船江流白無影似行

段橋旁恍踏孤山頂峰巒疊瓊瑶煙樹失鄉井此邦作

寓公蓑笠漁翁等門前深數尺來客車没軫矯矯舞龍

鱗飄飄迷鶴頸屑玉語初霏撒鹽意非靳何人映夜讀

不待一燈炳誰歟伴高士山中卧未醒嘗聞入地尺驅

蝻滌癘疹矧此祥霙鋪遠過灞橋冷我慚無彩筆未敢

新詞鶚君乃運清思吐屬得超渾遙知京華客獨坐意耿耿昔年直螭坳簪筆侍隆準聰明偶一露靜眺蓬壺景花農禁中喜雪詩有豈容尺寸窺深淺便露聰明亦渾融句極爲　欽聖所賞每見雪必誦此二句謂左右曰此書房徐翰林作也當時眷遇蓋無其匹中涓侍染翰樺燭兩行兼縱談天寶事陳迹記殊稔金莖盤裏露研墨染魏頡供奉歷三年買田無二頃仙班偶小謫朝政此初紊絕技誇鄭虔妙書埒文敏花農初試南齋　景廟執其卷謂恭忠親王曰此卷寫作俱佳王頓首曰此人非特寫作俱佳乃是詩書畫三絕後臨張文敏書岳陽樓記曲園先生題其後云噫嘻古今文敏三公亦今之一文敏既奏彩雲見宜步青雲穩鵬翮方高翔蠅聲中羣吻譬之微塵點詎掩玉山炯名言藹四坐天花亂飛滾

宣南小隱廬荷竹得深淨定知吟白戰詩成雋難忍地
擲金遠聆磚拋玉先引相期明月照兩兩各心印我雖
舊居蜀巴渝讓楚郢

快雪時晴瑤林炫爛喜成一律示筱石

連朝積玉炫窗紗曉起晴曦繞樹斜定是和風將凍解
爲添春水到天涯千林璀璨都含潤二麥酥融已發芽
今夜再看明月照高寒一片射光華

錄和作

亭秋賦雪後喜晴詩極有風致走筆和答

筱石

君詩端合碧籠紗愧我吟成醉墨斜印迹飛鴻踏泥上
昨賦喜雪長歌有隨鴻嬉晴仙鷺浴波涯花香生暖知
詩可附莫踏爪泥印句
風信檐滴如泉瀹露芽豐歲西成農有喜固知秋實賴
春華

花農侍郎十二月二十九日生辰今年恰值立春
賦二律寄筱石索和筱石和第一章余和第二
章合成全壁寄以爲壽

飄然珠玉墮山家勝似登高遇孟嘉學圃三弓霜久傲（侍郎曾以綠菊詩寄筱石余亦有和）硯田五色月初華（侍郎視學嶺南行次羅定江中有餽
生魚者縱之江流又行數十里見漁翁舉網得一硯因
出資購之其硯紋五色眉暈遂名之曰月華硯蓋魚之

所以酬也公隨處種福獲報類皆如此　添籌律應迎春節守歲燈開得意花鶴舞東風雙翩健題箋喜色映朱霞

錄和作

小除夕爲花農同年誕辰適值立春天人感召吉事有祥承以自壽詩見示奉酬一首聊以致祝

筱石

不待提壺已買春生朝一醉適天真十年舊夢聽金鑰五日先期禮玉晨正月四日朝玉晨君見黄仲則自壽詩注臘鼓聲喧小除夕綵旛風動輭紅塵延年頌與宜年帖併入新詩往復頻

亭秋館詩鈔卷十

亭秋館詞鈔四卷

壬子立春前二日仲蘐

在昔玉臺新詠標體格於徐陵金縷研詞播謳吟於唐代厥後清照之工託興淑眞之善言情靡不藝苑蜚聲女人卻步然而乖中和之樂職何與正宗留綺語爲香匳終慚大雅求其發乎性情之正止乎禮義之閑戛乎難矣可多得哉尙書筱石陳公德配亭秋夫人以浙水之名媛嬪潁川之華冑昌徵鳳卜曲譜雙聲寵賁鸞綸封崇一品人咸謂居富貴之地必工爲歡愉之言矣顧取借園詞鈔讀之乃竟悵觸多端鬱伊善感者何哉蓋夫人禮宗淑範女士清才祥雖鍾於閥閱之門遇備歷乎轗軻之境病風椿樹稚歲早凋向日萱花中途遽隕

就諸父諸兄之鞠養問爾顧爾復以何堪加以刼歷紅羊危城幾遭身殉（夫人從尚書公官京兆尹時與於庚子拳匪之難）使來青鳥弱息竟賦仙游（集中多悼女公子之作）玦在身而腰佩不離珠如意而掌珍倏碎埽愁無帚記曲有箱宜夫人之觸緒興懷迴腸盪氣假錦機以織出綠縛紅蟬燒銀燭以塡成淚凝絳蠟也已雖然閻浮世界幻等空花積累根因穫同種樹夫人三車爛熟一鑑淵澂何妨付諸達觀藉自修其正覺而況持躬省約供頓胥捐濟物恢台親疏罔間將勤施於人者旣厚卽獲報於天者必優仙銜罔極之恩或竟爾重翔彩燕神感至誠之德安知不再降緅

麟是綽板焉用其敲殘唾壺奚須乎擊缺耶所願叩宮彈徵諧韶頀之音刻羽引商成清平之調絲竹黜其哀濫笙管流其鏗鏘以雅以南可歌可頌此日取七條絃以靜奏羣欽拍合朱絲他年偕一品集以俱傳定卜芬揚彤史是爲序慈谿子川葉慶增謹題

仲蘐主人亭秋館詩鈔六卷余既序而刊之矣主人吟詩之暇尤好塡詞每當花朝月夕酒闌茶罷興之所至一寄於倚聲積久得借園詞鈔若干首借園者客歲卜宅杭州橫河裏橋小有園林名之曰借爲他日乞身借隱地也余素不喜詞又賦性直率吟亦不工旋作亦旋置主人則以蓮藕玲瓏之質運芭蕉展轉之心於其鄉先輩厲太鴻趙秋舲諸君子得其近似猶憶庚子辛丑間京畿烽火逼處危城偶值事變之棘余急切窮於因應主人神閒氣靜臨亂不驚時出一闋索余唱和余頗訝主人別調獨彈而又未嘗不佩其心懷之浩落也茲

編輯成册以長女昌紋幼時聯語並遺詩數首以誌不忘適同年友馮夢華中丞訪余武昌承代爲審訂幕中諸賓從亦有詩文以張之爰付手民如繪心曲後日西湖歸隱漁歌樵答不知人間有蒼狗浮雲事則以此編爲偕歸之券可也已酉重陽後十日筱石陳夔龍序

題辭

買陂塘

奉題亭秋夫人詞集即希拍政

仁和徐　琪花農

鸞笙鳳管自垂髫按起到聽官鼓首卷憶江南十二闋以兒時憶三字冠之惆悵鑾輿西狩日羅袖淚痕如雨忠愛心情纏緜胸臆豈獨悲嬌女畫圖卅二冊青如對仙語　多情彩婕翩躚金章玉質時傍閒尊俎昨日省親今介壽簾外雙雙起舞草盡同心花皆並蒂此福天修與莫提往事瓊樓原在尺五

浣溪沙

伏讀亭秋夫人借園詞鈔莫名欽佩敬倚此闋

金壇馮　煦　夢華

一駐春明碧幰車庸菴尚書會尹京兆飛瓊儷系冠清華生來詞筆燦於花　會向粱園吟暮雪又從吳苑譜朝霞漢皋解佩更柔嘉

恨雨颦煙渺紫都劇憐曙後一星孤步虛仙㠀夜歸無　記否波光兼飲淥鬧紅一舸與鷗俱新詞傳唱徧西湖

沁園春

敬題亭秋館詞後

江都郭寶珩楚卿

林下高風，江上蕊雲，含毫邈然，是烏衣王謝庭留絮雪。鷗波趙管，筆帶雲煙，翟茀承恩，鶯花寫韻，廣樂鈞天字字圓。消長夏，好巡檐按拍，刻燭分牋。年時湖上嗁鵑，把掌上明珠付墓田。有孤山歸鶴，悄聆愁語；小樓飛蜨，重證仙緣。女作眞仙，夫爲生佛，福慧雙修五百年。金荃集，請壽之梨棗，播入歌絃。

亭秋館詞鈔卷一

錢塘許禧身仲讓

偕園吟草 舊題大梁雜詠

憶江南

兒時憶，結伴戲中庭。自埽落花驚粉蜨，還拋梅子打黃鶯。雨灑竹梢青。

兒時憶，紈扇乍秋涼。喜與雛鬟掏蟋蟀，愛同小友捉迷藏。花底月昏黃。

兒時憶，瓜果設雲屏。青玉案前同乞巧，水晶簾下共穿鍼。脈脈拜雙星。

兒時憶春日永　慈闈每作嬌癡依　母膝偶思問字
攬兒衣色笑總無違
兒時憶傍屋畫橋橫兩岸垂楊千縷碧一灣流水片帆
輕花發近清明
兒時憶瑣事不關心姊妹閨中同刺繡弟兄書屋共聯
吟燈火夜沈沈
兒時憶風景愛清華度曲不妨驚睡鶴敲棋那管落燈
花窗外月光斜
兒時憶爆竹換年光春酒筵開同獻壽椒花釀就共飛
觴舞綵奉　蘐堂

兒時憶春暖報花開翦就彩旃黏樹杪散將佳種傍亭臺處處手親栽

兒時憶佳節已端陽折得榴花簪短鬢采來蒲艾縛匡牀函夏日方長

兒時憶姑嫂學挑絲每繡鴛鴦藏葉底常描蛺蝶戀花枝簾捲夕陽時

兒時憶韻事屬香閨丹桂庭中初擫笛碧梧院落聽調絲忘卻月痕遲先姊善彈琴每於夜深撫曲

前調

詠西湖

江南憶最憶聖湖莊一色波光飛白鷺數灣流水宿鴛鴦西嶺已斜陽

江南憶最憶是孤山幾樹紅梅和月澹數叢翠竹入雲閒暮色水光寒

江南憶最憶是湖亭四面紅欄花印月一池碧水露涵萍鐘韻靜中聽

江南憶最憶是山莊覓得小舟游曲徑登將高閣俯芳塘花木繞長廊

前調

詠淮園

名園好，水閣幾囘過。覓得香秔調燕子，拋將紅豆飼鸚哥。片片落花多。

名園好，結屋傍荷池。兩樹櫻桃紅粒粒，數重蘐草碧絲絲。風送晚涼時。

名園好，散步赤欄橋。一片歸鴉棲樹早，數行旅雁入雲高。窗竹晚蕭蕭。

名園好，消暑愛風輕。碧水清池眠白鷺，紅橋翠竹囀黃鸝。柳外月初生。

名園好，最好是初冬。倚岸紅梅飄瑞雪，臨門翠柏漾輕風。隨意過橋東。

名園好最好是迴廊一帶朱藤盤曲折兩行桂樹吐芬芳風送笛聲揚

名園好最好是波光俯視池魚吹細浪仰觀飛鳥帶斜陽陣陣送荷香

名園好最愛夜來時花色滿園風弄竹波光小艇月催詩遙聽漏遲遲

菩薩蠻

深夜聞雁

霞光一片花如錦蘭閨獨坐香醪飲連日興闌珊蕉窗晝牡丹 茶香燈下品睡後還敧枕驚破夢惺忪遙天

歸暮鴻

賣花聲

月夜聞歌汴署詠

風靜夜泠泠何處簫聲聽來歷歷韻分明最妙一枝斑竹好入耳偏清　衙鼓點輕輕[illegible]報初更露華如水洗中庭且喜窗前明月滿背了紅燈

高陽臺

感懷

漫點銅龍緩敲簷鐵欣聞春雨紛紛籠霧青紗照來燭影偏清隔闈共說安民語喜聽來句句眞誠黯消凝爐

內香殘案上燈昏　運籌決盡承平策奈安邊少計鬢角愁生一樣無眠靜傳銀箭沈沈視天早罷干戈事願從今永慶昇平倚窗聽殘溜聲低滴至黎明

點絳脣

詠清宴園

閒倚西樓聲聲簫鼓吹來早旌旗樹杪一片霞光照池外紅橋橋外青松繞天初曉日光皎皎花圃多青草是日迎霜降觀音樓可觀牆外

醉太平

其二

花光露光荷香桂香清風拂拂生涼有文禽一雙　橋南畫堂橋西碧窗柳陰掩隱紅牆看珠簾繞廊

醉花陰

月夜卽事

月光澹澹花枝瘦窗下清風透漏鼓繞團牆薄薄紗幮夜靜涼時候　紅閨嬌女燃金獸曲譜新排就羅袖韻珊珊燈下欣欣還把詩牌鬬

長相思

春江野泊

風瀟瀟雨瀟瀟紅杏林中酒斾招楊花隨地飄　山遙

遙水遙遙牛背村童過小橋數聲長笛高

高陽臺

病中詠梅有感

蘊玉藏珠發丹吐蘂開來密密瓊柯疎影橫斜費人幾度吟哦任他異樣嚴風逼耐冰霜雅意婆娑奈春何暖到庭階萬木生和　兼旬小病難拋卻歎朝光零落黯自消磨長夜無眠寒香悄引詩魔青燈一豆殘煙盡乍朦朧夢也無多聽簷阿鐵馬徐鳴曉雁初過

亭秋館詞鈔卷二

錢塘許禧身仲讓

偕園吟草

含眞圖詠　女初生甫一周貌秀而白潤余鍾愛之年四五歲唐詩朗朗成誦以廢紙繪山水頗肖余驚有宿慧命弗弄翰墨八九歲更婉麗明秀而孝順異常胞姊廖夫人語余云此女明決友順才殊勝汝庚子之亂　兩宫西幸女聞而泣下曰君后如此我輩何安十二齡弱女忽出此言亦奇矣七月二十一洋兵鎗礮逼城余不得已懷利翦

與阿芙蓉膏以備非常女覺之而哭不能仰視且面帶驚懼之色余暫慰之曰勿懼棄之矣女每日必問數次曰眞棄之否直至聞議和之說方色霽先是貴陽同鄉陳君推算星理最精謂女之庚造甚貴惟十六歲不宜到中州其時筱石方補郎中後簡京堂次年開藩汴中頗慮之後得擢漕督之信則喜慰甚往袁浦一年餘名園福地頗覺暢心民情亦安豈知不久調豫自思甫到南方又入北地憶陳君之說爰商筱石不去可否伊曰汝本達人何故信相者言卽此一語誤也攜女先回杭吾

家近西湖每與游喜曰山水明秀如此可愛後同至汴頗望速調南方然女體漸結壯日久遂忘相者言不料乙巳春忽出水花兼帶春温之象初延之醫用涼劑漸愈起坐如常夜間亦能安眠惟胃口稍減不免憂之有王少侯痛謗前醫誤薦王如恂筱石延之來竟爲其誤以至不起天乎余爲人不善波及女耶或數耶殁後異香滿室面色晶瑩玉潤如生余親爲梳洗髮間有異香衆皆聞之且病篤時言桃花小橋五色蓮花如此言甚多歷歷頗清又屢問父母生日過否或已先知歸天之日

耶或其大羅之仙游戲人間耶年餘悲痛已知病體難支卜吉牛眠自覺老懷稍慰安穸時羣香撲鼻彩蝶圍繞一冬無雨雪之累月之初九葬事始畢次日即大雨余偶觸傷懷即聞有蘭降之香焚生前著體之衣均化玲瓏山石至今三年未損余與筱石每得夢甚詳並戚屬及婢媪等亦皆夢之繪圖二十以志靈異俞曲園太史題曰含眞仙蹟圖女眞仙矣余亦聊以自慰夜窗岑寂重展斯圖作小令若干闋並感懷詩數首素不習此調因思女情切工拙所不計也

第一玉殿歸眞圖 筱石夢

夢某處殿屋座上有仙女六七人兒亦坐於其中次列第三四面帶戚容筱石退出欲詢爲何處而無從探問復入則兒座已虛有立於側者曰入內洗骨換裝恍惚間悽然而醒

風蜨令

瑤島迴環處神仙縹緲中碧琉璃瓦殿玲瓏卻見許多仙子聚重重　隊結湘娥侶班隨玉女叢可知阿父隱簾櫳羸得唾冰紅化淚珠濃

第二紅橋情話圖 程幹臣甥婦夢

夢至一處紅橋曲折殿閣軒敞見兒從内出與夢者攜手緩步而行

前調

水繞重欄曲煙籠翠嶂勻攜來素手意温存不道天凡境隔尙相親　靈鵲塡橋急銀河喚渡頻紅閨舊侶漫逡巡記取五雲深處是仙村

第三金冠入夢圖　筱石夢

夢見頭戴荷花式紫金冠手執玉笛由牀後悤悤而出復入裏房行路甚速無女子態方欲與語忽覺

前調

洗盡閨娃態全非粉黛妝金冠覆額體矜莊手執瓊簫
歸侍繡幃旁　桐葉驚宵落蓮花滴漏長月移竹影過
西窗不覺驚回殘夢斷柔腸

第四玉砌延賓圖　程幹臣甥婦夢

恍惚閒至一牌樓前金碧輝煌見一仙裝女子冉冉而出諦視之乃兒也相見甚歡遂攜手入房房內陳設奇異案間所供諸物均世所未睹兒談生前事迹甚詳忽聞鐘鼓之聲兒曰余尚有公事遂醒

前調

璀璨金坊立低徊玉砌幽淩虛羅襪下瀛洲認取琪花

瑤草滿階頭　宛轉通情話丁甯慰母愁忽聞廣樂韻悠悠便送一甌仙露促歸舟

第五月夜烏嘑圖婢女春燕夢

夢見樓閣亭臺參差矗立雲端兒由空中而下直至靈前婢曰小姐從何處來答由天上來以母悲心不安也

一翦梅

繐帳空懸影渺茫月到西廊風弄西窗來從何處去何方母也心傷兒也心傷　翠袖低垂振珮璫淚滴雲裳悲結衷腸丰姿明媚舊時裝雲氣飛揚霧氣飛揚

第六蓮池警俗圖 女僕袁媪夢

夢呼媪入見一白玉小橋橋內五色蓮花一片女獨立仙雲縹緲有樓閣隱約露於樹梢媪欲入而又不敢失足落水而醒

菩薩蠻

方塘曲水清如許蓮花五色知何處遙聽梵音清虹橋一道平　山頭雲縹緲翠柏蒼松老失足驀然驚夢回剛五更

第七錦衣歸省圖 筱石夢

夢一男子裝者頭戴翠冠身着白色繡花水腳袍不

識爲誰但見其衣冠徐徐自落內着五色排穗小襖
良久始識兒也

浪淘沙

小立對瑤窗懶剔銀釭掉頭怕見淚珠雙玉帶錦衣剛
入夢報曉鐘撞　忽棄舊時裳環珮錚鏦雲車風馬下
吳江花落花開兒不管一道紅牆

第八袈裟頂禮圖嫏春燕夢

夢見居五色雲中身後侍從甚多並有僧人數十衆
匍匐於下口中若有所訴

菩薩蠻

繡旗天半朱霞捲馥馥香風吹不斷秋水證禪心禪關
花木深　瓶鉢生涯外齊向瑤階拜憐爾法門僧佛前
傳一燈

第九筠館元談圖 厚之姪婦夢

夢至一處宮殿巍峩珠簾垂地翠竹芝草盈砌滿階
見手持拂塵坐於殿中對之含笑不語

菩薩蠻

修篁風動敲青玉瑤臺合駐天孫躅秀色宛如生人來
漫送迎　纖纖揚素手滿室香盈袖含笑且沈吟似聞
環珮聲

按第十仙驛奉母圖乃五律一首編錄詩鈔

第十一　絳霄閱武圖　女僕周媪夢

夢至一極大院落見兒身居雲端旁立將校甚衆均手持器械並有兩人手執長矛作相持狀兒坐其上貌含威嚴人望而畏之翌日至將軍廟見楊四將軍塑像周媪云與所夢之執矛者正同

菩薩蠻

絳雲擁座神威肅霜矛列侍旌旗簇洗盡女兒妝淩霄意態揚　將軍齊拱手帳下供奔走霞彩滿天生爲君定太平

第十二鈴轅解纜圖 筱石夢

夢見倦倚椅上筱石持書與閱兒接書急出筱石隨其後至轅門外見一大舟旌旗招展仙仗俱備見金冠鶴氅登舟卽解纜而行

鷓鴣天

倦倚藤牀若有思手持一卷步遲遲金冠覆額長眉嫵玉笛横腰半面窺　登翠輦拂雲帔遥觀祇見彩絲絲夢中正在驚猜處一片靈旂擁護辭

第十三仙舟話舊圖 姪女之仙夢

姪女至滬相逕共住舟中夢兒至舟曳霞綃襲霧縠

奇光射溢執手道故姪女告母之思女不置兒愀然曰余天上執掌事繁以母懷過傷心殊不安乘片時暇歸省吾母望告相見有期千萬珍重詢往何處兒遙指虛空珠宮紺闕煙霭繽紛間飄然而去蓋不知其所之也

卜算子

帆影漾波光夢幻江心月喁喁絮語蘭閨事兩下無休歇　昔日兩知心今日扁舟別惟有慈烏反哺心終久難拋絕

按此圖尚題七律一首編錄詩鈔

第十四蓮座馳書圖 婢阿蘭夢

阿蘭夢身陷井中聞有人云可速救之旋來一梳歪髻小女子以繩救起引至一處有金碧牌樓一座共三門分左右中從旁門而進見一玻璃大室中設公案並蓮花寶座見坐其上握筆繕信甚形忙碌有頭小女子持書付阿蘭曰帶回呈上見見面有泣容命即退覺另至一室如前狀亦係玻璃裝飾設公案寶座等女子曰將來太姑住者言至此阿蘭乃醒

前調

玉井莫輕投衣被香風襲就中忽見捲珠簾不覺轉

入仙子坐瑤臺素手親拈筆宮扇雙分廣樂鳴書寄慈幃側

按此圖尚有七絕一首編錄詩鈔

第十五聯袂雙歸圖　丙午夢

見一院落甚大余立其中指揮僕人挂燈綵忽見兩仙裝女子由外而入一年長者在前年幼者隨後視之兩人貌均似紉女以爲即吾兩女遂以手撫之是日接二哥自申來函云穎女靈櫬已抵申不日即可到杭足見所夢非無因也

一翦梅

風風雨雨近重陽憶女情長愛女情長朦朧恍入黑甜

鄉雲繞前廊月繞前廊　連枝忽覩入華堂稱體宮裝適體仙裝摩挲老眼認難詳悲惹衷腸愁惹衷腸

第十六璇閨侍語圖 婢春燕夢

夢者見一玉牌樓兒自內出扶余入房屋華麗陳設精緻兒曰此母之住房也余詢曰汝房何在又至一處陳設與前室無異惟多一牀盤桓閒兒曰兒尚有事請母先返不覺遂醒

行香子

月冷三更夢冷三更驀香車繡幰相迎一泓清淺已到蓬瀛話兒時事病時語別時情　牀幃織錦樓觀飛瓊

殷勤奉母黯吞聲人天一別返哺烏鳴願椿長茂萲長壽棣長榮

按第十七清瓶渡世圖乃七絶一首編錄詩鈔

第十八玉麈上昇圖 爵廷姪婦夢

夢兒在雲端姪婦云如何得上兒即以手中麈尾下拂忽已有路可登但見對面山嵐青翠奇花異草皆目所未見者姪婦云妹何在此答云此地甚佳但嫌勞耳正盤桓間忽驚覺聞滿屋異香

浪淘沙

樓閣五雲中七寶玲瓏重歸天上不相同忽憶外家諸

女伴絮語東風　瑤草玉階紅一道垂虹漫山翠柏閒
丹楓舊日人間雞與犬謝卻樊籠

第十九霓裳雅奏圖婢春燕夢

夢至一處但見珠簾垂地畫棟連雲余與兒便坐軒中看奏霓裳之曲仙衣女子歌舞席前夢者驚喜而醒

菩薩蠻

珠宮競奏霓裳曲翩翩舞態人如玉檀板拍紅牙仙源正著花　千枝華燭明露氣宵來爽雙手捧瓊漿蘐闈且解傷

按此下尚有第二十長江飛渡圖七律一首編錄詩鈔

虞美人

此蜨樓紀夢第三圖賦海中護父事也別有七律一首俱詳見詩鈔

孝娥黯護長途裏不滅生前意雲車風馬過空中卻值珊珊候舅暫相逢　夢歸瑣瑣言之細醒後還堪記或因訪友泰山來頃刻一帆平靜海波開

聲聲漫

余夢女與一仙女對立手持機杼繞絲身著濃

魚白色仙衣明亮生彩亭亭玉立清氣拂人因寫玉立織絲圖列蜨樓記夢第九

冰簟炎多紗闥睡少宵深聽盡更更雙桂樓前露珠點滴無聲幃前一燈岑寂聽桐陰瑟瑟風輕朦朧裏見亭亭玉立蓮面如生　恍若煙雲圍繞看霞光煥發欲認難清秀慧丰姿觀來綽約神瑩機梭往回抛處有天孫彩結晶瑛夢女手執機梭繞五彩絲亭亭玉立身著澹青衣衫有識天文者云女係天河邊婺女天孫鴉報曉夜將闌月半明

菩薩蠻

清明夢　先母與女思鄉感作

春風吹得春愁重宵來魂繞梨雲夢默想總迷離牽衣厀下依　桃紅楊柳綠自覺歸心促何事更停留扁舟冷陌頭

其二

四圍春色光如織綠茵滿目山生碧歸念上心頭憑闌婕桂樓　鄉思何日了更懼春寒峭拋去又重來雙眉總未開

其三

年來種種閒情澹落紅滿砌花光暫飄泊惜殘枝黃鶯知不知　故園春已足何日還鄉國望盡白雲邊魂飛

路幾千

其四

宦情總爲繩牽住何時再整歸舟路柳色滿江春遙聽喚渡人　右台雲氣繞孤負山光好祇覺繫人愁歸鴉唬不休

金縷曲

獨坐無聊忽見蜘蛛一絲微吐滿屋旋轉戲作

行是騰雲軿祇空中一絲微吐飄揚輕轉八足交叉形似舞彷彿無腸影幻更密密簷前布滿地網天羅重更疊歎飛蟲啖盡無從算叢葉底慣牽絆　千絲結後終

難斷但看他蜂藏蝶歛紛紛避遠日月精華良夜足更喜春風和暖卻祇恨禽聲嗁亂弱絮飛花隨意罥最玲瓏雨落成珠串芳訊報桂樓畔

風蝶令

游墩子河

流水波如鏡長空雲是羅雙雙燕翦點輕波祇少隔江高唱采蓮歌　且向隄頭坐輕風拂體和一腔幽恨歎如何卻好仙香吹得滿襟多

蘇幕遮

感懷

恨絲絲情縷縷如此心腸卻向誰人語淚痕恰是春朝雨欲把悲腸抛去偏難去　絮庭寒蓮漏數一片冰輪怎解儂心苦欲乞姮娥相代訴何日飛昇得返瑤臺任

長相思

又

風颼颼雨颼颼桐葉凋零已入秋淒涼人倚樓　山悠悠水悠悠催動歸心不自由夢隨江水流

亭秋館詞鈔卷二

亭秋館詞鈔卷三

錢塘許禧身仲蘐

偕園吟草

舊題爲桂蜨樓詞今與藏園及近作合爲一卷

金縷曲

得筱石由川督調鄂之信因喜生感又憶及女

丹詔來天外卻感得國恩深重春風普載人世浮塵終碌碌鬱鬱胸襟總在空惹得滿腔情債地老山荒難以盡認庭闈怎撇生前愛緣未了恩難解 颸馳電抹嗟何快最傷懷藥爐茶竈星沉滄海曉色微光將發曙化出滿庭霞彩 六月廿二紋女飛昇日霞彩滿天羣雀飛鳴 聽仙樂悠揚一派

重訪瓊樓諸道友䨮雙蛾默默心無奈低首處鎖眉黛筱石夢女顰眉而坐旁有三四仙女在殿閣中事詳仙圖

前調

戊申四月舟中憶女

膝下誰爲伴最堪憐蓬窗三度淒涼景換女隨侍入汴渡江乙巳年扶女柩回杭今三次矣紅日照江空綺麗更覺哀心縈亂卻鎮日淚珠成串遠望瓊山雲霧隱願長梯渡我登天畔情自決意無絆　塵中渣滓偏難斷恨征途終朝荏苒奈何能慣謝爾闌前仍黯侍不令病魔重染昨午抵舟腹痛甚以痧氣治之仍不愈後聞降香入闈卽愈又風雨陰晴能轉一春多雨行期定而夜間大雨甫發行裝

則晴解纜又雨抵滬後天氣晴正渡江毫無風雨之阻鬱結悲腸如惹絮看茫茫海水都難浣帆影動已行半

前調

十五日江中遇雨甫抵鄂署憶女作

但覺行舟款孤負這滿江春景愁思怎換雨落篷窗如淚點祇聽聲聲如貫卻一任淒風爲伴遙看鄉村扉半啟碧煙痕想是人炊膳斜照裏柳隄畔其日風雨入暮微晴瓊山望盡音仍斷到晩來殘燈消燄衷懷更絆便入羅幃難熟睡倚枕兒名低喚見初曉彩霞色煥甫解征帆增百感奈悲腸有似輪旋轉膝下冷我心亂

聲聲慢

詠翠蜨介壽事詳詩稿

桂萼枝頭飛瓊樓畔金光閃鑠方濃夢入莊周歸時兩翼輕鬆瑤池露華乞得慶親年壽與山同褰袂至又承歡如昨舞綵堂中　結就氤氳芳味看尋雲萬點細拂清風佳氣鬱盤繞來簷日和融最好連翩合錦喜流霞掩映簾櫳更幻作數化身縹緲半空

金縷曲

詠時思女有感

又到炎天際苦連朝千絲縈結柳條空繫翠蜨簾前頻

起舞影照蹁躚多麗且暫慰思兒深意鎮日倚欄心默默慨蒼生凍餒營謀利行無計實難理新章行而食物增貴民食苦矣終朝鬱鬱身如寄望流雲珠沈信杳悲懷怎洗試問金環能慰否暮境蕭條安倚恨擾攘塵寰何味後路茫茫誰可料奈悲腸累我難拋棄情未斷化爲淚

虞美人

詠並蒂蘭

空谷幽香肩共倚結就同心味離離小草尋拔紛贏得素懷雙愜各芬勻　青女素娥還鬬影低挽雲鬟並清芳韻致玉神交最好一枝連理兩情高

前調

又

數叢日映亭亭影碧玉雙環靜連枝春草又重揮月映
同心紉佩入紗闈　珊珊聯步還歸省暫別瑤臺境庭
前再認彩絲長乞得國恩家慶兩流芳夜夢兩女來

臨江仙

鏡中留影事詳詩稿和俞佩珣女士來韻

隱約神光非是昔還留寶鏡雲曇留仙暫解我衰顏空
中仍幻影侍膝綵衣斑　雖認庭闈何以慰欲思一語
偏難含悲無計可留攀飛昇期太速何復入塵寰

金縷曲

中秋見金黃仙蝶飛止窗前即呼筱石出視已隱去深惜未見塡金縷曲記之余亦勉和一闋

回首塵寰界趁瀟瀟滿庭細雨翩躚無礙憶昔玉棺旋浙里繞徧柳隄一帶（送女回杭見金黃色兩蝶飛舞棺前至祠堂隱去）看映日御雲變態佳節中秋來慰母入蘭階仍作萊衣拜香過處金光曬　孺情孝念終長在記分明髫齡侍膝每承色愛不道金梁風太惡吹散彩霞能快竟撇下高堂年邁歛笑微微歸去速料含眞臺返情無奈何日可還親債

前調

補題玉殿歸眞仙圖

撒手歸穹岱猛回頭椿庭隱約瓊樓檻外引動離情悲縈目祇得佯佯不睬早滿腹傷心低黛欲向瑤池消癉濁忽氤氳繞戶仙雲靄神異處費人解　曾言島主歸班怏怎情牽紛然擾攘桑田滄海更看清瓶能濟世折得楊枝徧灑想天上孺心常在夢入萲闈頻慰藉每乘風栩栩庭前彩擬塵霧娛親邁

前調

後樓詠桂感懷憶女

轉眼秋風再更望這蕭森綠樹終朝相待蜨舞花飛頻戲撲桂子飄香已快況連日金霞燦彩翹首問天天不語一霎時神往層霄外仙迹杳究何在　深衙宴處眞無奈最堪嗟紅塵碌碌那年了債人說光陰嫌太速我道流光難耐祇賸得悲腸莫解綺麗繁華難遣興望蓬萊亦念兒心戴欲拋棄發深慨

高陽臺

龔太守七旬壽辰有太常仙蜨入室作詞自壽索和卽用元韻賀之

宛轉臨風盤旋罥絮簾前栩栩輕飄漫閃金霞來從雲

路迢迢太常竟作劉伶醉戀沈酣不返層霄過三宵留影翩然酒醒香消　平生性質孤高極敬忠魂繞闕器重皇朝百世流芳傳來赫赫名標一堂錦繡春如海看攲斜含露逍遙集瓊瑤聚慶高門代代金貂

浪淘沙

又

兩翼若輕紗飄墮簷牙蹁躚逐隊舞攲斜嫋嫋臨風如柳絮繞徧羣花　來去是誰家酒盡流霞畫堂湯餅彩燈華（蜨來正值公處添丁開賀）頃刻桂樓飛聚處（鄂署後樓前亦時有三四金黃色蜨如太常仙蜨盤旋來去無常）日影重遮

長相思

遣懷

山有光水有光藏海園中已夕陽新荷澹澹香　思故鄉夢故鄉嫛女仙莊何日償愁迴九曲腸

菩薩蠻

又

名園難把愁腸換青藤又把征鞋絆長日黯消魂仙山鎖白雲　蛙鳴階下亂鳥語花閒囀清唳一聲聲天邊歸雁鳴

浪淘沙

和筱石中秋元韻

雨霽送清風花豔園中清光一片曲欄東秋色怡人聊遣興手執藤筇　鳥語竹林叢因惜殘紅每逢佳節兩心同祇歎膝前何冷落燕去巢空

前調

感作

世事總難詳太沒商量春風秋月兩悤忙何故此心終不置戀戀衷腸　月色照迴廊花影迷茫市聲擠耳度東牆長笛一聲無可遣仰望雲鄉

前調

夕陽將落暮色蒼茫獨坐有懷鄉景

靜對一爐香無限思量終朝碌碌總悤忙欲整歸舟仍荏苒愁結衷腸　落日過長廊暮色蒼茫滿庭新月照蕉窗欹枕愁聽風弄葉夢遶雲鄉

前調

疊前韻和喬夫人

心曲苦猜詳玉尺難量繁音急管太悤忙大好金甌拚一擲是甚心腸　螮桂憶長廊鄂署後樓有丹桂數株彩螮飛遶多至數十江漢茫茫月鉤初上照西牆何日干戈平靜也穩渡鱸鄉

亭秋館詞鈔卷三

亭秋館詞鈔卷四

錢塘許禧身仲蕿

偕園吟草

舊題爲西泠悼女詞今與近作合編

浣溪紗

丙午爲女營葬三日陰雨悶坐祠堂接蘇州筱石來函因倚此闋

山半楓林日漸凋。階前疎雨更瀟瀟。思兒清淚是春潮。夢醒捲簾開雁幅，柳生春色展眉稍。漫將悲鬱繫柔條。

浪淘沙

亭秋館詞鈔 卷四 一

天已放晴山內歸來燈下有感

日色已西沈宿鳥棲林夕陽西落下山行到得歸來人寂寂黯自消魂　燈下漫沈吟往事推評窺窗明月一鉤痕心念蓬山何處是夢裏追尋

高陽臺

丙午秋和筱石詠別原韻作於蘇署

梧院風多蕉窗雨過無端又動離愁百結柔情湧來萬緒千頭堪憐誤御英姿女到而今塵念皆休恨悠悠往事思量心若懸鉤　別來屈指須三月勸加餐珍重勿念歸舟咫尺天涯淒涼兩地皆秋堪欣已定同偕處想

人生那得長留和清謳剔盡銀釭聽斷更籌

前調

懷女

靜掩晶簾斜依冰簟聽他雨雨風風照壁青燈宵深淚眼朦朧吳頭越尾扁舟發卻年來幾度悤悤鎮惺忪遠隔仙凡欲見無從　憶兒苦況言難盡幐幼時遺物怕檢函封凭徧篷窗愁生山色溟濛此情何日方能慰祇除非夢裏尋蹤暫相逢膝下承歡聊解悲衷

前調

詠紅白梅

赤若丹砂潔如美玉窺來密密疎疎斜插横枝其中靜趣偏殊愁腸流水抛還轉卻輸他雅意紓徐儘林逋香影描摹一例横鋪　孤高不與羣芳共倚寒窗伴我清夜愁余點額宫妝笑他日久容枯瓊姿耐得春光半惜殘紅欲埽難除嫩涼初飄泊憐渠明月前鋤

前調

懷女

幻境茫茫前塵寂寂連宵夢也無蹤歲轉星回惟聽爆竹聲中最難抛卻心頭事望仙山縹緲雲濛歎飄蓬憔悴形容兩耳龍鍾　不知何日方歸也盼兒曹鸞鞾早

駕長空膝下承歡晨昏奉母瓊宮從今可與天同壽豈戀他世俗塵封五更風欹枕思伊寂寞簾櫳

南鄉子

山中營葬懷女

寂寂聽更長挑盡殘燈傍小窗恐入繡衾眠不穩淒涼且執鳥絲寫數行　何故沒商量瑶島催歸太覺忙病體漸增雙鬢白堪傷風弄冰簷淚結腸

醉太平

又

巍巍塚青山煙墓昏憐他兩女棺橫又紛紛淚痕　松

陰柏陰離離草生人身等是浮萍問那時夢醒

高陽臺

季春赴杭埽墓舟次詠別

桃院愁多蓮街夢短朦朧又到天明乍啟愁眸爐香猶帶餘馨滿窗紅日嗁鶯聽聲聲祇報春晴感飄零一葉扁舟萬念皆冰 離懷欲說偏難盡但黯然無語脈脈含情甫發行裝愁添眉角雲生沿隄柳色隨風舞最怪他慣送征程暮天青何處瓊山仙闕瓏玲

菩薩蠻

舟中即事

扁舟斜渡輕如葉新秧兩岸青葱色憶女淚痕多悲腸難盡磨　風平波不起魚戲浮萍裏輾轉夢難成愁聽點點更

浪淘沙

憶女

初曉倚篷窗垂柳低昂遥觀山色映朝陽對此春光如錦繡助我愁腸　欲說也難詳心自淒涼羅衾展盡夢難長似玉左芬何速返雲掩仙鄉

高陽臺

右台埽墓鬱鬱悲懷緜緜細雨墳前留連久坐

不禁淚下

草色含春梅枝帶露數行垂柳眉生凹凸雲山觀來翠黛千層疎籬茅屋聞厖吠聽流泉斷續低鳴墓門橫觸目傷情何日能平　秋心結就何時解歎朝朝暮暮祗自眉顰絞結中腸絲絲欲理難清紛紛細雨催歸去卻一肩繞徧深林幾牽縈青塚巍巍渺渺仙軿

釵頭鳳

丁未初夏作於橫橋老屋

腸九曲愁偏足何時驚醒紅塵宿深夜靜紗窗凭蓮花漏滴芭蕉露冷聽聽聽　罡風酷催人促無端失我庭

前玉青鸞問瓊宫信柔絲怎理夢魂難穩恨恨恨

聲聲慢

七夕懷女

紅燭光分綠窗夢醒銀河宛轉微明立到桐陰深宵萬籟無聲花閒亂螢如豆聽蓮街箭鼓輕輕最可歎竟紫鸞杳信青鳥難憑　冷落空庭飛絮看雙星黯澹眉月微橫雲掩仙山何其縹緲難登長梯若能渡我仗心香默默通誠惟懼這溽暑蒸人難耐斷更

滿江紅

又和筱石韻

兩載傷懷都挂在一鈎眉月獨立盡蓮街殘漏聲聲未歇遙見銀河光閃處仙雲宛轉香風烈念瑤臺杳杳總無音肝腸裂　宵寂靜情難決星黯澹行將別奈離旌催動淚珠凝血瓊島人遙花泣露蘭閨絮冷庭飛雪歎余心顛倒夢難成殊淒絕

天香

又

靈鵲填橋蛛絲結網彩筆繡絲乞巧玉案香濃翠屏夜靜囘憶前情已杳左芬陡失祇贏得悲多歡少空惹一腔幽恨何人可稱同調　淒涼暮境有若箇承顏愁腸

難了冷落庭闈怎奈夢魂顛倒自念病軀孱弱似飲露愁蟬附螢草每執尖毫中心悲攪

高陽臺

又

玉案花芬金爐香裊桐陰竹徑縱橫羅幪仙雲纖纖微月光生此心已是霑泥絮奈拋開欲罷難平太零丁露電光陰轉眼浮萍　謝庭冷落歸何處念膝前婉順每出眞誠天杳瑤臺倩誰傳語衷情殘更遠聽聲聲碎入紗幃夢也無成最堪驚淚結衷腸雙鬢星星

清平樂

夢女持卷問字以此繪合家歡記之即題此圖

曲欄杆畔玉立渾忘倦風采依然窺笑面涼透梧桐庭院　覗他孺慕依依承歡膝下牽衣蕉葉半窗月影落花滿地聲稀

又

人生無定幻境如泡影碌碌紅塵終未冷何日黃粱夢醒　連朝陰雨溟濛淒涼況味誰同祇賸一身憔悴臉兒那得春風

又

彩毫留影態若閒雲靜手把一篇奇字問權當合家歡

慶　如生玉色溫文何其青鳥無痕祇道仙凡可轉終朝面壁消魂

憶江南

補題含眞仙影圖

瑤臺境何故速歸眞隱約羣仙珠幕捲含愁嬌女色增顰哽咽夢初溫

瑤臺境何故速歸眞齊額金冠披鶴氅攜來玉笛護雲裀帳外氣氤氳

瑤臺境何故速歸眞白玉橋邊花萬朵碧欄杆外鶴雙行密密話殷勤

金縷曲

對圖思女病中景

何速昇天界最苦憶清癯玉面微舒眉黛卻至兩親處
度日猶著綵衣展拜仍禮習趨庭未改醫藥誤見兼誤
我怎明珠從此沉滄海風太急促人快　從今鬱鬱無
拋愛繪眞圖久留芳澤傳流千載相聚一堂形是昨韻
秀神清性耐問膝下承歡能再世事茫茫誰可定奈蒼
然兩鬢愁難待休撇下兩親在

聲聲慢

余幼年從嫂讀偶檢慧福樓遺集見寄余小令

誦讀數次勉和兩闋

爐煙撥盡蓮漏催沈漏聲點滴房櫳前歡已渺思來萬種情慵風弄輕雲易散歎流年太覺悤悤無聊極恨天光黯澹日影重封　又到殘紅零落聽杜鵑嗁血雨灑庭空（此詞嫂廿五年前仲春作現亦仲春）繡閣蕭條知心有幾能同猶記髫齡師弟恨迢遥泉路難通悲往事鎮思量幽悶萬重

余十歲從嫂讀至十二歲

虞美人

又

幽然渾迹塵寰裏碌碌毫無味雲飛電杳各西東珍重

遺章獨對碧窗中　眉端愁結千行柳日覺容顏瘦柔腸顛倒夢魂遮祇恨寥寥心緒在天涯

滿江紅

余將赴杭佩珣出詞送別余正在束裝悤悤勉和兩闋

繡閣名姝喜瀟灑襟懷能幾鼓瑤琴一曲萬花生麗長日春暉閨範靜謝庭詠絮承歡是羨詩才家學總淵源無雙侶　嗟小別金閶地難驟捨攀留意余前至曲園聚談言及同杭覓屋佩珣云如屋覓就未必來蘇頗有攀留之意愛空靈妙筆詩腸無底贈句纏緜添別淚二年瑣事從頭記得餘閒清夜和瑤章心

遲寄

又

兩載傾懷已留得一番行迹奈扁舟欲發離愁切切直
日清談忘午卷吟籤入手時繙閱愛玲瓏體格態幽閒
仙才絕　純孝志詩書癖和藹性簪花筆喜閨中聚語
每親翰墨碌碌塵寰將若定蕭蕭兩鬢堪如雪怪長亭
柳色總牽情心難竭

買陂塘

和徐花農侍郎秋雨驟寒書感作

小窗秋夜聽階前風雨聲聲落葉天際孤帆疎柳外水

浪拍隄如雪涼月烏啼平沙雁斷回首成淒咽愁雲鎖處難拋玉宇瓊闕　最憐昨歲干戈洞庭波沸滿地多荆棘暮色層層迷遠岫一望千山重疊感慨悲歌斷腸詞調不忍論疇昔曲欄凭盡淞濱權作羈客

浪淘沙

題花農侍郎女兒秀瓊館遺詞

割臂奉高堂藥餌親嘗心欽孝女志非常一旦驂鸞何太速話也心傷　旆采桂旗揚仙境迷茫春花秋月兩悤忙祇有瑤臺風景好歲月常芳

浣溪沙

又

江上曹娥是謫仙飛昇回首不知年花間一曲譜瑶天

絕妙爭傳黃絹句淩虛檢點白雲篇扁舟如葉早乘

蓮

前調

花農侍郎以所著接葉詞見示爲題此闋

好句旗亭已久傳芬菲花事景暄妍巢鶯接葉囀輕圓

夢裏雲鬟疏梛外秋來月色畫欄邊霓裳字字總如

仙

亭秋館詞鈔卷四

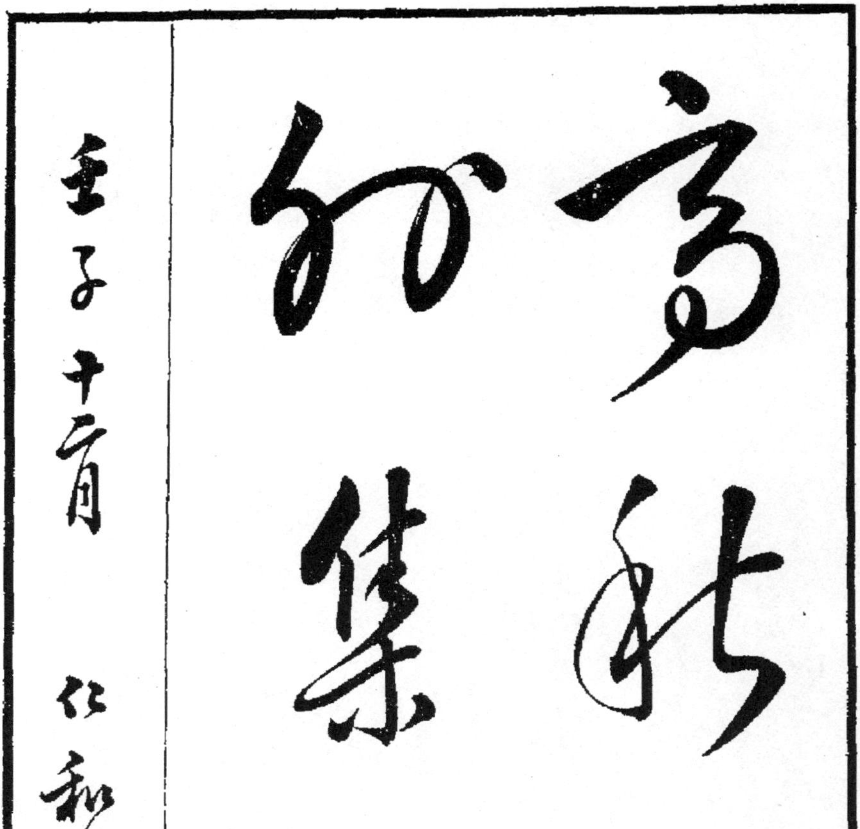
亭秋館外集
壬子十月

亭秋館外集序

貴陽陳尚書筱石同年之淑配仲蘐夫人既刻其亭秋館詩詞集而尚有仿蓮池大師七筆鉤及筆記數則與楹聯之屬因編爲外集一卷夫雲栖文字以淨業之貫通作才人之曠達其語圓宜夫人以福慧雙修之身獨能悟徹塵緣超出物外非生有夙根曾住龍華者安能道此且已處貴顯之地猶不忘寒素之風縷述兒時家庭景況至再至三尤見盛德光輝非尋常所可比擬嘗見士大夫既陟青雲遇有人道其微時蹤迹輒怫然不樂其胸次之褊淺往往爲識者所譏夫人貴而不驕念

不忘舊與尚書衣丁文誠所贈裘至三十年之久同一風誼之高此卷文雖不多實足見英雄眞色不僅露兒女心腸也頑廉懦立其在斯乎至記女公子生平德言容之備與不起之由則情之所固結而不能自已者不能已於言而言之其情之正可以感格仙靈故蘧蘧之蹤翩然而屢集然既感於仙卽通於佛吾更願夫人將已往之事而一筆鉤之勿再涉悲慨仙蹟既示含眞佛地無非極樂蓮池之大覺乎亭秋館之金剛不壞身也竊欲舉一佛二佛皆成無量壽佛以爲尚書與夫人頌也則此篇也乃過眼之雲煙此後六時吉祥之文字當

有煥然改觀者吾固得請而編之矣壬子冬至後三日

徐琪謹序

亭秋館外集

錢塘許禧身仲蘐

懷遠悲兒苦無聊賴戲作七筆鉤自醒

卻扇樓頭鄖署清寒樂唱酬良夜月光浮杯酒深宵候
嘹賭韻聽更籌一曲句挑綺麗光陰回憶時無久怎得
把流水高山一筆鉤

何羨封侯羈絆閒身不自由春水逐花流青山挂別愁
嘹兩下意悠悠寥落心胸別離滋味拋去又重留怎得
把僕僕征途一筆鉤

世事雲浮鎮日凝眉不自由長日强睜眸深宵懶展裯

嗏何故不知愁倚徧篷窗拋離浙水來去任扁舟怎得

把秋月春江一筆鉤

宦海生愁碌碌紅塵不醒眸何日可回頭爲甚心還逗

嗏疊疊起重樓畫閣沖霄珠簾隱翠何物可常留怎得

把錦繡繁華一筆鉤

倚枕多愁轉盡羅衾不倦眸更鼓漏聲浮桐聲已入秋

嗏斜月過重樓颯颯輕風昏昏魂夢滿耳秋聲驟怎得

把無限悲腸一筆鉤

拋卻離愁情短情長豈逗留心總戀瓊樓愁徧繞故州

嗏夜靜數更籌渺渺仙山沈沈滄海何日可回頭怎得

把種種癡心一筆鉤

屢繫歸舟柳舞長隄總不休卻解眞無味前情盡可丟

嗏從今免出頭留戀青山寄情碧水到可樂悠悠怎得

把煩惱情腸一筆鉤

筆記

父棄余年甫四齡其時諸兄皆幼惟長兄宦於京

兩母不得已僑居都中六年

父居官清廉所餘無幾用之已罄

兩母典釵環助日薪則漸見拮据每每愁形於色吾輩

年幼無知不能分

母憂也時
七伯父中丞公回杭營修橫橋老屋接
兩母回杭養膳十餘年竟無閒言視余兄妹如己出余
心實感敬之後諸兄入仕四兄宦於山左迎養
母余隨往荏苒五載年逾六十
母體漸弱後兄補朝城奉
母抵任冒寒就途霑染風寒臥一日夜竟致不起途中
遭此倉卒其時苦難身代實願隨
母同行夜夢
母來曰我已歸佛地汝弗自殘況死生有定汝弗自誤

尚有事待汝做當聽我言我常來視汝余欲請見
父　母允當即起余隨行上一玉橋對面有朱門粉牆
方欲詢問
母目汝速回聞聲驚慘而醒後每疾必夢
母來即愈送
母靈回杭與兄嫂同居三年頗睦戊子年歸陳氏壻筱
石以光緒丙戌進士分兵部郎亦相得與胞姊同居十
三年此亦遭遇之難得也後生二女次女貌玉潤珠圓
甫及周歲而殤長女明慧聰秀實異常人惟體弱余鍾
愛甚惟恐其病長成稍結壯侍親孝識見明決年甫十

七没於汴頗多仙蹟皆詳含真圖庚子年洋兵入城女伺隨侍膝下同陷危城烽火達旦安得不懼惟有待斃而已筱石奉

旨留京隨同議和數月周折艱難妥愜或談及某事所料者余與女意皆合且言無不中惜爲女子不能效緜薄之力耳後至和議成筱石授漕督清浦較南則乾燥無潮悶之氣較北則温潤而暖其地之妙甲於天下余私心竊喜豈知年餘卽調汴商之筱石不願入汴竟不果祇得同往抵汴後目疾失紅不時而作其處風沙燥烈頗思回南日久竟波及女乙巳春忽出水花來勢頗

重延王景松診視服大黃一劑甚投次日即輕減有王少侯者言王醫專用生軍吃傷某某甚多筱石惑其言恐誤女時欲另延醫初吾與女皆不允日久患已就痊起坐如常日端午尚自作繡虎甚工巧惟胃口少減王少侯等又紛紛言女病虛證宜投補後延王如恂來用三甲引一服豈知內熱未清誤投補劑病即添重總言腹脹心熱加之咳嗽難受祗得又換郭姓醫來雖用清理劑復用蘿蔔汁解治余甚疑慮但女言心熱腹脹漸愈筱石亦信此又二句仍起坐如常但咳嗽未除眠食少遜額間微熱時有不適女每令媪婢以痧氣治之王

如恂聞之又設法通同王少侯許厚之等與筱石云女實虚證若再謂痧醫之不堪設想矣筱石惑之屢與余言其時六月十四女忽又不適余實茫無所措求於神前禱於

宗先竟服其藥用肉桂吃後次日即暈一時許卧牀七日而逝病篤言劉關張何來今日何日婢子福奴已入鬼籍福奴八月竟故此外不知何解有識天文者言女七日方歸班其夜筱石夢女與三四仙女團坐面含戚容女眞仙矣料其必不捨塵中父母也天乎余果爲人不善自知性烈心慈並無大過何苦我之甚耶王少侯

三兒次女之壻亂中隨居頗有痰疾余諸多護之未傷其命筱石諸事提攜不期誤聽其言竟誤巳女累我此後鬱鬱半生乙巳秋送女南來丙午秋爲女並前室夫人營葬余留生穴於中丁未秋又爲繼子福兒受室於姚氏女新婦入門尙稱婉順戊申秋鄂署補記

仙婕記

乙巳年九月在汴女甫斷七是日將近亥刻余及修雲姪媳幹臣夫人并男女僕等將欲收供忽見一玉色婕上有紅黑點如手掌大由空中來飛繞靈前余心疑即女默禱曰是兒當飛至余身聞聲即停於手腕値福兒

自外至蜨見又撲其面頗若愛戀之意轉瞬間蜨又停余衣底略一轉旋即入靈幃隱去後扶柩至漢口由火車登輪前有黄色彩蜨一對飛繞靈輴及余轎前登輪船而沒又至杭船抵大關扶女柩送入祠堂途中黄色蜨復來仍在柩前飛舞行徧六橋追隨不去至家祠始隱次日餕口甫上臺又見玉色蜨大如手掌者復來其時蠟炬高燒羣僧誦佛余恐傷其翼用衫袖承之送入院中飛去丙午年余居河下天香樓將近中元時值亥刻秋雨點滴余正思女與四嫂述女病中事絮絮不休忽前見之玉蜨又來盤繞靈前稍停即飛至對室後間

此室爲女所設臥室衆隨至入室後又復飛入幃中值此時又一黑色者比玉色稍小較粱山伯尤大飛入婢女春燕房中即出白者亦由靈幃飛出白在前黑者亦隨入雲霄次年七月十二在杭鄉俗有接 祖先之說余亦照此行心懷鬱鬱臥於榻牀傍有修雲姪婦忽見一蜨飛入乃黃色黑點與蘇署者同後因人多嘈雜蜨即隱去又七月廿五晚陰雨余爲女在淨寺拜水陸功德圓滿放五方燄口已散時近子正余與四嫂修雲姪歸卸妝欲寢忽見一蜨飛翔繞桌亦黃色黑點旋撲畫上忽隱徧尋不見余禱曰願兒毋庸戀世早返瑤池覲

畢見蜨由屋飛出直上雲霄而沒在座諸人無不見之靈蹟昭然女仍戀戀於膝下也戊申二月初八因得筱石由川督調鄂信開筵請家中人前黃色蜨來停於水仙花上轉翅如展拜狀

輓二姪婦聯

慷慨胸懷聰明心性最憐侍翁能孝待下行寬博得合家皆頌美

松筠節操冰雪丰神豈料越水星沈錢塘月冷何其一病竟難留

又

二載于歸遽抱冰霜苦節操持家計艱難和娣姒奉椿庭種種情懷皆莫逆
三天染病卻奈庸醫藥誤撤手人間不顧歎春花悲秋月悠悠此恨盡何時

戊申仲夏鄂中時疫大行余與筱石禱於女靈未幾漸見消除旬日武漢皆清或有霑染取香灰一撮服之即愈爰撰此聯以酬之

清瓶濟世寶鑑祛魔欲慰慈懷消瘴癘
時雨盈郊香風滿室謹從嚴命護生靈

友孫姪婦壽聯

辛苦伴青燈未逢金榜題名善撫孤兒成大器
堅貞貫紅日卻喜板輿就養快聞壽母啟華筵

輓子修姪聯

欲冠年華最憐新奉恩綸胡遽折
無靈醫藥堪歎未調琴瑟竟長游

亭秋館附錄

壬子嘉平既望　徐琪署

附錄

[illegible]

亭秋館集後附錄繡君女士遺稿序

今使彩雲不散九霄無離恨之文璧月常圓五夜皆團圞之鏡則白傅可免蒼珉之刻畫昌黎亦蠲古驛之欷歔然而玉樹臨風偶現花中之曇影金莖擎露頓晞掌上之珠光湯續命而無靈香返魂而乏術所由動千古傷心之慨添雙親刻骨之詞情有難堪悲何容已私幸尋來粉盞尚有餘脂檢到文房猶留賸墨家果家禽之對偶一花一蜨之迷離句以罕而見珍蹟以仙而疊見於是裒其殘稿傳彼遺芬清平之調無多而衣裳雲想閨閣之詩所著祇楊柳風因動筆有神簡略似倪迂之

畫無絃更響摩挲等陶令之琴不盡餘哀題曰附錄恍追隨於膝下母衣牽到之時播文字於人間梵譜偷傳之後夫瓊樓握管寫韻而未有名篇仙袂散花霏香而不聞解語茲則儷紅妃白含五色以成章繡口錦心和八音而奏雅雖佩環已杳空中儼聽鏗鏘而詩卷如新此後常留天地况游仙枕裏時窺妙相之莊嚴願影窗前又示前身之笑貌因畫圖而省識人固常存得映帶以輝煌名同不朽合含眞之題詠慰思女之悲涼兼屬詞比事之矜嚴得以少勝多之微妙僕也馬慚齒長相呼而原屬年家君眞雁過影留默印而有如潭水嗟嗟

仙館憶右台之路埋香占一角湖山錦囊儲雋句之吟
絕唱擬滿城風雨是爲序壬子臘八日徐琪撰於宣南
接葉亭時年六十有四

序

余慟紋女之亡因檢其遺篋尙得詩數首與對偶數十聯篏石以其詩示同宗松山給諫因編入黔略并爲小傳既葬右台曲園先生又爲墓誌自此以來靈蹟屢著因繪含眞仙蹟三十二圖徧徵題詠曲園先生既爲之記又爲之歌一時名公鉅卿及閨閣之秀家庭子弟俱留翰墨往時曾排印成書今篏石從花農侍郎之說以小傳墓誌及諸家題詠列其遺稿之前而仍附余詩詞之後亡女無專集故題曰附録也噫吾女往矣而不與俱往者則其文字也況又有諸家宏篇鉅什之表彰則

吾女雖謂爲至今存可也況含眞之言笑又昭昭在人耳目乎余觀斯集之成不禁易往日之悲悰爲破涕而色喜吾女有知儻亦乘清風而一來展卷乎壬子臘八日仲藙序於春申浦上

含眞仙蹟圖記一

光緒乙巳歲陳筱石中丞喪其愛女曰昌紋字繡君中丞與許夫人慟甚余既銘其墓矣已而親黨中往往有傳其仙蹟者金石例嚴不能闌入然志文載中丞一夢仙蹟已略見矣其明年中丞由豫撫調蘇撫因至余寓相見而許夫人則余次女絲裳之小姑也與余兒婦輩素相習因詳言女身後事乃知中丞之夢非止一次郎許夫人亦數數夢之而凡親戚中婦女下而至於婢媪輩夢者又不止一人參而觀之女眞仙矣許夫人命工就夢中景象各繪爲圖凡得二十圖其尤奇者一人夢

女居五色雲中侍者甚衆有僧數十向之膜拜人皆以爲異余爲現女子身證菩提果若維摩詰之女若龐居士之女梵典多有之其遠者姑勿論即如明梓潼人周氏女年十九跏趺而化成智慧菩薩又裴氏女年十三坐化邑人建刹奉之漁洋山人隴蜀餘聞詳載其事今陳女之年比周不足比裴有餘安知其不爲智慧菩薩生善女天而說法乎又一人夢女在一處兩旁侍者皆戎服有女兵兩隊步伐止齊女臨視之容甚威武余謂女生前每談及時局艱危輒慨然太息今忽示人以戎容暨暨安知不將有所爲乎宋慶歷中寇圍歷陽有神

兵見而圖解乃漢初范增幼女九娘子之神也歷千有餘年靈爽不泯如此事固有不可以常理測者使阮太沖聞之當載入女雲臺别錄矣又一人夢女攜瓷瓶一具去其蓋傾出清水夢者問故曰得此清氣可使世界清淨耳嗟乎世溷濁而不清古騷人所歎也攬轡登車有澂清天下之志古烈士之風也今一弱女子所言若此然則挽天河而洗甲兵奚煩壯士哉法苑珠林稱佛有萬玉女手執萬瓶皆盛香水行住空中女或即其一也其他諸圖大率類此余不悉載惟就諸圖中所見景象或一白玉小橋橋内有五色蓮花樓閣玲瓏隱見雲

際又或一玻瓈大室中設木刻蓮花寶座女坐其上又或見大船一艘皆琉璃製成女坐舟中四面奇花環繞隱隱聞仙樂聲諸仙女駕小船從其後凡此之類杳不測其所在余憶陶貞白眞誥言易遷館含眞臺皆女子得道者所居趙熙女名素臺居此已四百年不肯他徙謂天下無有樂於此者竊意女以童貞入道必當居此故輒題其端曰含眞仙蹟然而玉佩金璫左驂飆而右服欻往來十二碧城閒易遷館乎含眞臺乎余固不足以知之矣光緒三十有二年端午後一日曲園老人俞樾記

含眞仙蹟圖記二

碧城十二繪天上之起居弱水三千脫人間之羈靮精爽所式魂魄斯來而況左氏嬌姝夙飈天性金鑾謫仙生蘊靈根者乎緊其鳴鳳繼昌夢鶴徵瑞綺閣姚譽淑姬競才吟到新妝工襲學士之號添來彩綫巧奪天孫之襄雲毫一揮丹青立染霓裳小奏珠玉比諧固足抗道韞之庭抑亦奪令暉之席乃璇閨毓質舞綵方愉而蘂闕司香懸座久待當粱苑延薰之候正飛瓊昇馭之時掌上明珠合浦遽返庭前寶樹曇花齊觀宜乎詠杏殤之詩心悲霜翦對蓍蓏之草腸斷風摧矣詎知境隔

九天神通五夜感高堂之積想爲博歡心驅雲軿以來翔如照顏色於是化身栩栩現景重重領八霞之司擁七星之旆岑樓平臨閒吹玉女之簫銀漢遙渡輕泛木蘭之槳時伏玉案檢上清之秘書或襲弓衣冠鄗坰之戎隊斯皆心盟孝水念結慈雲藉迹象以相覘覺人天之不隔披圖可索如聞旃檀之馨步虛有聲永駐青琴之駕不亦仙心慧術之交施而椿幄萱帷之常侍也乎今者右台山古蹟前諾於丹砂嫛女星明燭遺篇於紫緜方蓬駐景輒迴西清之鸞縑素留眞悟澈南華之蝶

丁未正月十日許寶綬謹書於吳中節署

含眞仙蹟圖記三

余自有紋女之慟緣情惻愴殆難爲懷與室人數數夢見之頗有徵驗戚黨婢媪亦數數夢見之靈之歸耶積思所召耶噫兒其仙矣乃繪圖二十幅以誌之乞俞曲園先生爲記余自沐移撫三吳官書鞅掌不暇修辭圖成率紀其緣起於端俞君階青戚誼有連兼通家之契耆其書之并耆其題詩於後以存仙蹟少釋余與室人之悲丙午長夏筱石甫識

陳女史昌紋小傳

貴陽陳田撰

昌紋字繡君貴陽人吾宗筱石制府女也幼婉順孝友鍼黹外兼通畫理工楷法旁及音律奕棋無所不曉唐宋人詩集涉獵遂能成誦弄筆爲詩若素習者筱石暨夫人亭秋主人奇愛之年十七以疹疾誤於醫藥蘭萎玉碎含靈所傷而況所生哉筱石有哭女詩云夜雨敲窗不可聆一場噩夢片時醒瞻園翦燭重回首斷送芳華十七齡陶寫中年聊慰情生來眞悔太聰明棋枰曲譜丹青引持較專家事事精幾番瘦損帶圍寬一飯尋

常下箸難含笑勉酬阿母意阿紋今日强加餐卵已難完何有巢淒清月影上林梢金剛一卷資冥福淚眼摩挲手自鈔亭秋主人詩云自汝初生漸漸昌誤爲兒命福緜長囘思學步咿唔語今日如何不斷腸何苦催兒到夜臺庸醫誤爾實堪哀聞伊譫語喃喃說斷我柔腸寸寸灰年來久不執吟毫貝葉金經勉力鈔情到不堪囘首處紛紛血淚溼鮫綃昨夜西窗月滿階月前今日倘依懷開匳且有遺珍在怕看傷心紫玉釵

右見黔詩紀略後編卷二十九

陳女繡君墓志銘

賜進士出身翰林院編修重賦鹿鳴筵宴前河南學政德清俞樾撰文

賜同進士出身翰林院學士　賞戴花翎河南學政萊陽王垿書丹

賞戴花翎　召試內閣中書奏留河南補用知府聊城鄒道沂篆蓋

光緒三十一年夏六月甲子河南巡撫陳君之女公子曰繡君者卒於汴粱使署越十日電音達於吳下余兒婦輩皆大詫歎曰是好女資稟聰明性情和婉如何不

祿一至於斯余因憶其幼時從其母許夫人至吾右台仙館余及見焉遽聞其逝亦爲衋然久之而陳君書來寄示其哭女詩五十篇並許夫人詩三十六篇且曰吾家窵遠不能歸葬秋涼暑退許夫人嘗挈其柩南歸卜葬西湖之旁君能以一言志其墓乎余讀蔡中郎集有童幼胡根碑以七歲孺子猶爲刊石勒銘況陳君之女已逮成人雖閨閣中無所表見然蔡中郎所謂柔和順美靡不備焉是固合銘例矣余又何辭謹按女諱昌紋繡君其字也陳氏貴州貴陽人生於京師其始生也陳君方官部曹甚貧貸於人乃麤具湯餅女既生而陳君

宦況日益饒衍親黨皆曰此女有福女故荏弱若不勝
衣者而性特慧如音律如丹青如弈棋一見即能效之
效之即無不工母憐其弱不使讀書而女甚好之遂麤
通經史大義歲在庚子洋兵闌入禁城　兩宮西狩陳
君時由署順天府尹調署太僕寺卿未出府廨慨然曰
吾故守土官也分宜死將仰藥女泣諫曰　國家恩澤
在人雖外侮突來如飄風驟雨不能終日大人爲　國
宣力之日方長毋遽引決也許夫人時藏利刃於懷每
思自剄女亦止之未逾年　大駕回鑾　皇路清平而
陳君官位亦以大起人皆服女之先見焉陳君由漕督

遷豫撫舉家從之官境遇匏纖而女與二親言每及時局艱危輒爲不樂且曰安得早卸仔肩乎嗚呼是有漆室女之風矣陳君未有子以兄子爲子女友愛之若同產然遇婢媼亦和藹無疾言每歲端陽手製艾虎分貽親串咸歎其巧今年猶扶病爲之蓋女初無大病爲藥誤也年纔十有七此余廢醫論所爲作矣然女年十二歲時猶在京師有日者推算行年曰十六歲時慎無至汴梁至則大不利及許夫人挈女隨宦中州女年適十六歲殆亦數之不可逭者乎女病革時時作囈語不甚可辨如云碧水小橋又云蓮花五色殆已游仙境矣陳

君又夢其戴紫金花冠手執玉簫行甚逺非復女子態余寄慰陳君書曰白太傅之金鑾或轉世而爲謝太傅之玉樹此雖齎言異日安知不竟爲實事乎君與夫人亦可破涕而一笑矣年月甲子葬西湖之某原銘曰

於惟繡君如蘭斯馨明敏之質如玉如英宜膺福祚徽佩光榮胡繁華之甫韡未嚴霜而先零雖或登乎仙境將何慰乎親庭冀形亡而神在聊託辭乎斯銘

題詞一　此皆題含眞仙蹟圖者

余既爲含眞仙蹟圖記璉玫兩曾孫女各爲賦七古一章牽率老夫欣然有作　德清俞樾蔭甫

天風吹轉蓬萊院世界恆沙誰復戀爲感高堂展轉思故教夢境分明見珠箔銀屏倣畫堂霞巾羽袖換仙裝人閒羅綺多抛卻此是華胥第一場偶然一換男兒服游戲神通迷撲朔手中簫管玉玲瓏頭上冠纓金絡索菩提明鏡總無埃竟到華嚴法界來兜率陀天迎玉女阿修羅衆拜瑤臺有時閒泛芙蓉舫眞從春水來天上四圍瑤草與琪花一隊蘭橈兼畫槳有時茶火見軍容

玉帳牙旗在碧空多少蛾眉環甲侍繡蝥弧下女元戎
茫茫俯視塵寰處黑霧黃埃莽如許瓶中瀉出一泓清
大地清凉皆淨土歸來還是九霄旁宮闕參差別一方
招得龍池諸女伴仙音三疊奏霓裳雲情鶴態描難足
寫出丹青剛廿幅爲署含眞仙蹟圖大堪補入雲仙錄
曾孫兩女略能詩各向窗前苦運思牽率老夫發吟興
更研餘墨爲題辭題辭并檢瑤華史千古幾人能得似
慧業應逾葉小鸞奇蹤不數曇陽子詩成投筆更茫然
暮景崦嵫轉自憐兜率海山竟何處不禁昂首白雲邊

仁和許引之 汲侯

潁川世系出名門，偶降瑶臺暫託根。每愛詩書勞筆硯，時親鍼綫傍琴樽。危城難得精誠定，庚子年處危城中，暇整如平時，事詳墓志。中表多欽禮法尊。況是平生兼孝友，璇閨情性自温温。

小寄人間十載餘，天風吹返碧霞居。清班合在三霄住，慧業能教萬刼除。寶扇香凝仙子座，瑶函雲護上清書。英靈夜向親庭繞，夢裏何曾蹤迹疏。

層霄笙鶴下蓬瀛，五百羣真列隊行。座上青蓮成妙諦，壺中丹藥定長生。小橋碧水仙源近，玉葉瓊簫上界迎。事詳墓志。我佛現身臻瑞應，松楸蔥鬱起佳城。葬之日，土中凝結觀音大

士像一尊福德嘉祥有由來矣

披圖整肅仰丰裁林下翩翩曠世才舊籍瑤池原暫返
他生玉燕定重來卽從福地仙根託喜博親庭笑口開
正是天心酬世德好教位業到三台

仁和周元瑞 子雲

縹緲瓊樓十二重青鸞馭輦下芙蓉修來慧業生非偶
悟澈靈根去有蹤明滅一燈神惝恍迷離五夜夢惺忪
謝庭冷落風前絮境隔人天幸再逢
碧海青天縱渺茫瑤臺咫尺若相望非緣幻想通靈境
合有神娥駐此鄉搖曳似聞仙去佩飄飄儼易舊時裝

祇憐一枕華胥暫，不敵椿萱淚滴長。

掌上明珠失左嬌，遥聞短髮正垂髫。魂歸兜率遲消息，淚灑梁園感寂寥。才女本來仙作骨，情波恰引夢迴潮。璇閨忠孝根天性，豈特詞章刻意雕。

製取生綃作畫圖，重重幻迹未模糊。九天步障神來往，再世金環事有無。珠貝香囊期後日（珠貝香囊用王雲練文澹再生事），雲車風馬認西湖（女公子葬西湖南山）。青溪蔣與吳江葉，蹟在千秋豈盡誣。

興化徐賢書 筱舟

藥闌司香尉，塵寰小謫仙。浮生嗟露電，沖舉出風煙。撒

手三千界回頭十七年何堪牙纛峙遽失掌珠圓昔領
蘐闈訓時稱柳絮篇自經三輔亂尤得二親憐絕技神
鍼巧芳徽漆室賢九天新命拜一縷孝思牽彩煥衣如
繪香來鼎似燃瀠洄貞性篤寄託夢痕遷變化無方處
劬勞未了緣至誠通寤寐妙相現純全蛾翠含愁蹙虹
腰信步便袖攜湘浦竹冠帶華峰蓮鐘鼓鏗鏘奏絲綸
倏忽宣聞悲趨膝下鍾愛戀生前仙語千花隔華裝五
色鮮羽儀資護法頂禮敬通禪揮麈清光發侵簾翠影
娟笑中含靜趣言外見眞詮鸞堠聞傳柝魚燈燦列錢
塵勞休侍從孺慕矢精專虎帳淩雲啟鵷兵夾道編將

軍眞面目武士舊戈鋋倚檻三階近環營萬柳妍受書剛片刻去棹又前川潮落春申浦星同織女蹮縒幽絲續命據案筆如椽雁序排雙璧鱗緘獲寸箋棲靈明有託將毋不遑延菩薩莊嚴稱男兒骨相堅浮埃嗟濁世法雨浣諸天畫鷁波容與翔鸞影後先歛容羣拜手同氣喜隨肩舞愛風迴雪歌聆地湧泉座中人悟澈天上曲無傳浩蕩銀濤闊安閒羽翣翩琉璃新世界金石古宮懸滄海桑田外瓊樓玉宇邊縈情惟怙恃隨在致纏緜疑信毋參半精神滿大千寫生工運筆造物勿爭權素絹凝霜潔丹砂帶露研品還清比鶴身本蛻猶蟬玉

軸觀如是金環諒有旃鼠毫驚妙肖燕寢釋憂煎時世殊隆替丹青不改遷詩方吳郡宋銘早曲園鐫展卷薰仍沐凝思往復旋不才胡獻拙持此藉鳴虔

成都伍輝裕元生

赤鸞雙鶴凌煙霧含真仙子游仙去小謫塵寰十數年天風吹上蓬萊路回首庭幃宛轉思飛來青鳥傳心愫哀詞何必賦澤蘭一枕瑤臺會相遇蟠桃斗大宴瓊宮虹橋踏月珊珊步吹簫不羨許飛瓊玉瓶倒瀉楊枝露有時弄影下瑤池桂旗蘭橈暢容與忽然冠履作男兒黃家崇嘏何足慕僊境依稀廿夢中中有一夢尤非誤

釵環卸去著兜鍪魚鱗練甲黃金鑄眉澹如雨氣如虹骨相矜嚴異常度旁有執戟楊將軍武士環列紛無數吁嗟乎於今時局不堪論虎攫鷹瞵正多故中原將帥竟何人邑姥蕭娘空支拄軼蕩天門門九開待向帝京速仙馭欃槍埽盡洗甲兵河山無恙眞靈護莫謂神仙盡渺茫策援軒皇事有據寫入丹青倍儼然何止親心藉相慰寶鼎焚香展畫圖勝讀玉華仙子句

遵義黎汝謙受生

夢中說夢寫哀情摹繪仙姿下碧城眼見化身千萬億前生知是許飛瓊

離恨幽思感百靈夢魂搖曳入青冥閬風圓嶠相逢徧
祇惜良宵睡易醒

夢醒二境本相同況復圖形有畫工乍對神光如欲活
但無迹象落塵中

仙家本住大羅天暫落瓊閨事偶然莫道蓬萊眞縹緲
終朝依舊繡幃前

有語無言理未殊偶辭塵蛻返清都多情父母愴懷甚
祇道千呼一應無

萬緣離合起於情理數旁參未易明聚散短長皆有定
欲知消息問前生

世人開口望昇仙及至成仙又悵然自是人心甘束縛豈知仙境樂無邊

淺詞題罷不勝悲我亦方吟悼女詩貧賤嬰妮且增慟念公悽惻到何時

德化萬銘璋敏生

一卷疏香説返生芳年十七此齊名疏香閣遺集亦名返生香吳江葉小鸞著

椿萲有夢通吳會蘭蕙無香到汴城天上樓臺餘別恨人間圖畫寄悲情常言歲月仙家永歸路何須頃刻爭

瑶池鸞鶴各成羣金碧樓前迓左芬寶座香蓮觀自在

春營細柳大將軍兔毫書轉三門路鴿首祥呈五色雲
借問仙曹何職掌世間煩擾可曾聞
芳林縹緲異凡塵攜手紅橋欲問津魂返風幃驚夜午
淚凝江水對春申紫芝湘竹無雙品玉笛金冠第四人
一曲霓裳誰按拍珠簾捲去翠蛾顰
衣冠不與舊時侔風馬雲車得自由燈火人家投遠驛
琉璃世界繫輕舟瓶瓷噓氣清於水筒竹傳聲靜似秋
此日阿翁憂社稷神仙何術迓時休

膠州柯劭忞　鳳孫

五城十樓白玉京絳雲擁護高岭嶙珠簾捲處羅娉婷

左挹雙成右飛瓊中有一人駕雲軿神光爚爚垂綏纓
支機石畔天船横天孫蕩槳來將迎琪花四面霏瓊英
風吹仙袂飄泠泠翛然彩仗森旌旗鉤陳壁壘嚴無聲
兜牟暨暨皆媌娙欲挽銀河洗甲兵紫衣小隊雲中行
長离戞琵鸞吹笙下視塵壒何冥冥至爲五嶽杯四瀛
瓶中淨水涵太清剎那世界鑑一泓峨冠劍佩能幻形
洞元慧業超三生神仙本自忠孝出王家曇陽事彷彿
金鎞刮翳能療疾至誠所感難具述　鑾輿西狩沸狂
噬片語安危決倉卒嚴君尹京迎　聖蹕烈烈勳庸媲
召畢欲慰劬勞幻神契妙相莊嚴傳彩筆珠貝香囊期

異日用周君成句不用仙山訪兜率

吳興沈際虞紹唐

萬里黃河繞汴流河聲嗚咽使人愁峰摧玉女天爲泣
圖寫冰綃蹟永留入夢似聞瓊管吹司香重赴蘂宫游
聰明絕代兼忠孝弱歲知懷漆室憂

掌上驚聞失左嬌紅霞天半護雲軺香風襲座鳴湘佩
夜月歸魂泠浙潮洗骨定知冰濯魄飛仙安用玉爲橋
霓裳羽帔人何處婺女河邊賦大招

十七華年等指彈仙才游戲復驂鸞迴文錦字工蘇蕙
步障明珠豔木蘭夢繞紅蓮神入妙詩吟香茗句生寒

五雲樓閣還延佇有妹相迎話舊歡
右台深處郎蓬山三尺香泥護玉顔不昧前因徵石印
再生佳話有金環土花忽現如來碧湘竹都爲帝子斑
更向瓷瓶問消息一絲清氣貯人間

荔波楊懿年　怡真

絳闕雲深蹕路通南衙花落玉樓空從今反慰高堂意
香案新添女侍中
鐙暎流蘇近碧城珠簾芝砌影分明月斜漏盡人何處
仙佩泠泠尚有聲
獸帶金冠勝丈夫水雲戎服襲羅襦洗兵默會庭闈意

特領貔貅降玉都

翠羽明璫翳錦圍春申江上暮煙微三千弱水何曾遠
竟御天風一舸歸

一別人天久斷書安東持節感蒓魚料知此日肩難卸
故故驂鸞問起居

玉階佇立金鑾渺絳帳攤經晝燭閒天上奏殘霓羽曲
也應愁聽念家山

回首燕臺刼火年果然忠孝屬神仙而今已入璇宮籍
猶是依依戀膝前

一二瓊樓望有無素縑廿幅認仙姝珠光劍氣雲霞裏

勝見當年仕女圖

貴筑嚴　儼　晴初

天風起空際木葉忽已疏虛堂靜如水晝靜茶煙噓座中列賓從把卷相招呼屏息共薰沐拜展含眞圖圖成二十幅雲霞擁仙姝幻化實神異靈境開華胥此是孺慕誠精魂通起居囘首十七年詠絮擅名譽庭幃侍旌節珍惜若掌珠柔順靡不備聰慧尤罕無丹青與經史几案恆自娛音律素所嫺奕棋猶其餘能博二親歡性復敦友于別有通神處繡虎才智俱戚仰咸推重稱誦來黔隅所聞已如是實至非虛諛大義更曉然烽火驚

帝衢倉皇戎馬閒靜眞志不渝片語解親憂遠識人弗
如皇路得清平親庭籌策紆宣力言竟驗至今推良謨
隨任淮輿沐華麗悉屏諸膝前話時事言次輒不愉是
有漆室風女範添楷模曇花胡一現御氣歸太虛蘂宮
掌新職詔命九天除才華賸毫素璀璨焚衣裾旃檀香
不散繚繞伴薰爐孝思結燕寢椿萲夢同符神明無滯
迹面目仍眞吾軒軒見超舉霧轂時裝殊時或開雉尾
前導吹笙竽時或整軍旅森嚴張矢弧又或聽霓裳羽
氅自安舒又或臨館驛肅靜奉慈輿相依有同氣雁序
排瑾瑜銀濤雪浪閒雍容建千旟俄頃擁樓閣員嶠兼

方壺莊嚴天女相千佛膜拜徐威儀漢官府據案草檄書仙靈多奇異畫工吳錦鋪點染誠妙肖形影費規摹生原有自來寶笈信不誣寄託在絹素劬勞報生初芙蓉朝玉京位業隆天都焚香紀仙蹟卒爾愧操觚

題辭二此分題含眞仙蹟圖者

敬觀含眞仙蹟圖冊各繫一詩

第一圖　德清俞陛雲階青

淩虛樓殿雲斑斕香花列座羣姝環中有仙子氷雪顏位置約略三四閒愁容微蹙雙蛾彎退立逡巡欲有問海山兜率窮躋攀再叩瑤扃已虛座側立瓊姝荅靈語云換華裝內殿深雲屏十二仙容閟

又　汀州伊立勳峻齋

朵殿宏開處羣仙夾坐中含愁仍脈脈欲語太悤悤月榭疑重認雲屏望轉空侍兒猶側立環佩隔簾櫳

又　貴陽胡嗣瑗琴初

莊嚴身世藥珠宮笙鶴依微返碧空三載人天重回首思親淚溼杜鵑紅

又　龍陽易順鼎實甫

骨肉恩源重相逢恐觸哀託詞因暫避知是阿爺來

第二圖　按以下所題皆與前同不更署名

麻姑踏浪滄海邊天孫星彩明河懸洛浦神妃弄珠出湘娥斑竹嘯蒼煙仙人例愛煙波住夢裏紅橋夾芳渚樓閣玲瓏若有人穿花冉冉來仙步宛然攜手平生歡碧宇回看不知處

又

積想誠終達珠宫路豈遥塵緣離碧海仙境認紅橋乍見容如舊相攜手自招御風行緩緩囘首悵雲霄

又

吹萘嚼蘂意惺忪素手相攜識舊容尺五華鬟天易曉無言江上數青峰

又

蘂殿無人處還將女伴招相看忘是夢攜手度紅橋

第三圖

金冠束髮瓊霞裹奇花的皪芙蕖吐易釵爲弁神英英

南朝不數黄崇嘏一枝玉笛隨身行飄然若御天風輕躡影從之不可卽枕函殘夢寒雞驚

又

喜覩莊嚴相峨冠燦紫金錦袍昭偉度玉笛閎仙音偶出仍先入飛行未許尋離懷難遽訴幽夢落遥岑

又

便爲國士已無雙瓔珞初開七寶幢博得阿翁笑開口不須重怨孝娥江

又

金冠男子服不作女兒妝手把一枝笛梅花落武昌

第四圖

五雲絢照金銀臺翩然仙履乘飈來天上人間會相見攬衣迴步心顏開珍珠斗帳瓊英杯奇祥異寶疑蓬萊仙語洽洽乍相訴璇閨往事從頭數急詔俄聞玉案宣天闕浩蕩傳鐘鼓記取悤悤作別聲故人且返塵寰路

又

雙闕輝金碧仙裝冉冉來爲歡開綺閣聯步入瑤臺絮語前生訴鐘聲上界催一言珍重別塵路漫徘徊

又

拾級仙人白玉墀好憑瑤想答璚思盈甌春露涼如雪

一點靈犀念母慈

又

上界何官府延賓玉砌登神仙有公事爲助海波瀲

第五圖

參差樓榭開天閶錦軿直下青鸞翔玉清侍女相扶將
詢以蹤迹來何方爲言思母心旁皇母悲使我摧肝腸
至性由來能感召好從方寸求瓊島從古神仙本忠孝

又

雲外樓臺迴鸞軿降九霄來蹤蓬島路歸思浙江潮念
舊增惆悵娛親怕寂寥仙凡原不隔定省慰寒宵

又

靜夜虛堂戀素暉呼之欲出是耶非步虛聲逐天風遠

惱煞栖烏向曉飛

又

仙鶴雲中降慈烏月下啼含悽語青鳥已在碧桃西

第六圖

虹橋倒影迴素波晶瑩一片瓊瑤磨青禽赤鯉迎仙娥

宛轉文闌裳翠蘿繞闌五色𢙣開芳荷重樓林表排峨峨

聞聲欲叩無如何四禪天上秋風多

又

白玉橋堪認清池水自瀲芙蕖開五色樓閣隔三層隱約看相近逶迤入未曾片雲猶在望仙境本難登

又

銀塘秋水種芙蕖清課還持貝葉書偶現優曇歸淨土親恩背負百年劬

又

白玉橋邊路青蓮花上人祇應憐老嫗終墮輭紅塵

第七圖

切雲之冠高崔巍迎風縞袂霜皚皚琪花萬朵當襟開含章有美非凡材中藏奇服雲羅裁仙子翩翩濁當世

巾幗何嘗愧男子文人慧業前身是

又

何處奇男子峨冠擁翠紗素袍如映雪朵繡更流霞委地疑蟬蛻披雲燦鳳葩回頭還審諦眞相認非差

又

暫許仙衣换五銖紫袍烏帶絳羅襦璫璫珂馬隨來往儼爾昂藏七尺軀

又

衣錦來何處裼裘公子奇親恩如未報速變作男兒

第八圖

錦幢珠蓋參千佛五色雲華盪朝日就中仙子尤尊崇
翠葆金支兩行列莊嚴頂禮環高僧華香四溢蓮花盃
菩提無樹境非臺寶月當天證空色

又

綽約來仙子彤雲擁日邊珠幢爭導引羽葆自聯翩頂
禮同參佛心誠共悟禪眞人天際在可許度塵緣

又

法會靈山日未西人間春雨溼棠梨拈花早禮空王懺
更卜他生福慧齊

又

莫道童貞幻還同佛法尊袈裟雖膜拜天女總無言

第九圖

透迤月榭連雲房芝英秀出玫階旁蕭森鳳尾夾修竹
洞天沈沈春晝長十道珠簾静垂地遺世獨處神清揚
一笑相看萬緣静天花玉塵隨風颺

又

翠竹環瑤砌丹芝傍綺櫳娜嬛眞福地兜率是天宫静
裏三生悟閒來萬慮空拈花微笑處意在不言中

又

一徑瑱玕緑滿階落花風細儆高齋鬟絲禪榻成蕭散

說有談空萬夢皆

又

翠竹兼芝草珠簾靜不譁手中持玉麈微笑比拈花

第十圖

旌旆悠悠戒行色嚴裝向晚初投驛瓊鋪錦幄都且閒萬燭明星炳通夕此行疑是朝珠宮凡姿未許天衢通陟降有靈不忘母依然嬌婉隨慈容

又

攬轡朝天去風光旅店新華燈輝絳樹錦幄拂朱茵嬌婉仍隨母馳驅尙戀親侍兒難免俗未許奉香巾

又

絳宮取次望蓬萊引導仙軿去復回誰識箇中慈孝意雙鬟却步錦幃開

又

仙驛知何處人天路渺茫假如尋妙子眞要到稠桑

第十圖

武士踏雲紅靺鞨仙容懔作青霜色英姿褒鄂揮雙戈楊侯意態何雄傑寰瀛莽莽風煙多洗兵安得傾銀河翊聖忠貞見閶闔願憑纖手江山扶

又

已據眞仙座偏饒大將風神祇均護衛兒女亦英雄六
纛光凝日雙戈氣射虹最奇楊氏廟竟與夢時同

又

登壇綽約女兒身侍婢弓刀氣不春淚瀉銀河重洗甲
木蘭終古意雙親

又

閱武絳霄上芙蓉面帶秋祇因清世亂爲解國君愁

第十二圖

珠樓一角明斜日垂鬟倦倚闌干側乍授瑤函手未繙
翩然清影簾櫳出戟門蕩蕩當風開峨舸大艑臨江隈

朵旄在左桂旗右輕軀飄瞥驚鴻猜錦纜初收一回顧極天煙水空徘徊

又

午倦停鍼後憑欄自倚樓得閒剛授簡信步遽登舟正訝朱旗展俄看錦纜收浮槎霄漢上颿影望悠悠

又

隱囊紗帽伴餘醺萬緒蒼涼近夜分樓下天涯門外路揚帆應指海東雲

又

十二高樓外三千弱水邊不知今夜月何處泊樓船

第十三圖

蘭舟夜泊春申浦音容覿面還如故爲言執掌霄宫忙暫歸爲母思兒苦母悲兒心傷母安兒心喜他年聚首當有期致聲珍重兒行矣貝宫紺宇遥在望仙蹤上逐鸞鳳翔餘香猶繞蘭舟旁

又

仙馭來申浦殷勤道故常爲言兒事迫深恐母懷傷相見他年約難留此日裝珠宫遥指處雲外自翱翔

又

漫歌天問與招魂舊侣相逢笑語温世外桃花自開落

忘憂寄祝北堂䕶

又

姊妹相逢處低回欲别難惟將珍重字飄下碧雲端

第十四圖

陸離金翠三門高垂髫倩女來相招四徹玻璃若明鏡

蓮花座上方揮毫書成歸奉高堂上經時未審塵閒狀

聞說慈親憶女情顰眉揮手成怊悵琉璃别館開奇景

翠簾棐几都嚴淨道是他年奉母居人天不隔清虛境

又

隮井聞人救援繩有女來斂容窺藻室揮翰據蓮臺仰

體金蕿意權將玉札囘他年開別館奉母到蓬萊

又

迢迢寄雁罷驂鸞天外三峰玉女寒數疊雲藍親手擘
如聞傳語是平安

又

王母玉卮女人天相憶勞種來紅豆子都變作蟠桃

第十五圖

玉砌金鋪極深廣流蘇繡幄華燈映仙雲一展瑤臺春
雙花姊妹參差放舊感金鑾已積年靈歸丹旐申江上
千里傳書信有徵連枝瓊島長無恙

又

燈結連枝彩花圍十丈庭肩隨仙有伴手撫夢如醒旅夜天邊訊歸魂月下扃精神相感召丹旐指西泠

又

明鏡高堂鬢已斑金鋪秋冷映花關東華墜夢西園淚掌上雙珠此日還

又

阿母圂僀事含愁凭綺窗掌珠兼眼淚都是一雙雙

第十六圖

碧城十二紅闌干莞然攜手祥雲端紫府洞天極精麗

蕊輿他日長承歡別館牙牀繡檀枕仙居玉宇同高寒
情話殷殷不忍別催歸未得重盤桓午夜樓頭警殘夢
窺窗斜月成長歎

又

難得蕊輿蒞相攜入畫堂離宮鄰繡幄別寢設牙牀久
語情彌摯催歸意轉傷蘧然清夢覺樓外落天香

又

幾曾寫恨破箋天縹緲仙居特地妍拔宅淮南終有約
夢中骨肉一燈圓

又

一人能得道九族倘飛昇何況兒依母蓮臺豈隔層

第十七圖

雲衣霞佩羣仙排肅然爭拜蓮花臺細語依微若有訴仙機未許凡人猜濛濛清氣乾坤繞仙姝收入磁瓶小倘施慧力扶金輪神州長使風塵埽

又

弁冕爲仙主乘舟盪太虛雲鬟爭肅捧霞佩自舒徐清氣瓶中湧塵氛世外祛羣姝同證道縹緲五雲居

又

刀雨脩羅刼未消嘑珠有淚溼鮫鮹佛家願力仙家術

何止清才勝左嬌

又

瓶裏空無物何曾見有丹惟將一縷氣四海盡平安

第十八圖

麈尾拂雲雲倒鋪步虛飄忽登天途含笑相招舊閨侶

羣鬟倭墮仙姬扶山園羣玉青峨峨金英瑤草庭階羅

此地煙霞足供養掌錄事較塵寰多攬袖低回忽相失

奇香滿室飄芬陀

又

姊妹方連襟蘭舟倚徙閒昂頭登玉宇回首顧塵寰紫

府招新侶青閨帳舊班人天分頭刻未許共躋攀

又

仙山樓閣碧雲交出世妝梳捲翠鬟回首紅閨諸女伴

水晶簾下道書鈔

又

舊日飛瓊侶相尋路欲迷瑤空原易上麈尾作樓梯

第十九圖

湘簾深鎖春煙綠仙音競獻霓裳樂纔聞嚼蘂吹花聲

又轉天風海濤曲五銖上服飄青鳳低昂珠袖香塵動

翠舞花翾夜未央疏鐘驚斷紅甐夢

又

窣地湘簾靜連雲畫棟飛悠揚三疊曲輕倩五銖衣翠
袖翻金縷朱絃動玉徽霓裳纔聽罷夢醒尚依依

又

銀漢無聲絳闕高仙風吹澈八瑯璈綺窗阿母遙相慰
曲罷還傾玉色醪

又

霓裳聽法曲樂事敘天倫萊衣欲起舞高堂尙有親

第二十圖

銀濤雪浪江流繞仙舟搖曳來雲表鷗夢初回畫槳飛

神鴉齊喚牙檣曉萬疊奇花護鏡臺琉璃窗扇向風開梅姑好共乘潮戲江女翻疑弄月來別有仙舟三五出淩波點點輕於葉靈蹟同時入夢來鸞裾鶴氅亭亭立繡葆花幢見有無星芒嫛女爍明珠好憑慈孝精神感來證眞靈位業圖

又

舸艦臨江渚花枝遶座前翠屏圍錦繡畫槳戲嬋娟鶴氅仙容肅鸞簫雅韻傳侍見同紀夢圖詠寫瑤篇

案俞階青太史與伊君峻齋皆題至二十圖爲止故二十一圖至三十圖僅錄胡易二君作也

又

佛貍飲馬事如何鼓枻還淩萬頃波江雨江風都不隔
行人頂禮祝仙娥

又

銖衣飄夜月畫舫弄春潮手裏知何物仙人碧玉簫

第二十一圖

華堂喜氣入燈花灩灩浮觴醉紫霞更著天衣壽金母
雙姝齊返五雲車

又

人疑雙大士我道百東坡一佛一花現千潭千月多

第二十二圖

翩翩雲爛舞衣裳雙桂秋濃醉蜨場何處移家同葛令

當年畫本搨滕王

又

萬家兒女命都向一家求豈羨龍驤客三刀夢益州

第二十三圖

白馬濤頭萬鏃鳴朝天眞作御風行臣忠女孝憑仙力

照海旌花達玉京

又

爲言泰山去將訪碧霞君依約雲邊語微令世上聞

第二十四圖

空中仙佩尚泠泠齊魯諸山未了青別後渭陽詩記否
碧霞宮外數秋星

又

五色羅浮蝀騎來到月中桂花開滿樹知是廣寒宮

第二十五圖

非想非因夢有徵三千里外各瞢騰西湖不接南明水
獨許仙槎自在乘

又

如願生前貌頻伽世外音白雲堆裏住還切望雲心

第二十六圖

繡襖珠冠坐上頭臺前膜拜集緇流置身已在蓮花國
嬾跨青鸞訪十洲

又

觀世音菩薩會同住洛迦蓮花經幾卷一字一蓮花

第二十七圖

秋檻燈疏夜漏沈夢中樓觀白雲深忘言忘象南華恉
朗徹氷壺一片心

又

身上五銖輕知從手織成還能助阿父衣被徧蒼生

第二十八圖

樓臺罨畫隔虛嵐身外尋身月印潭何事津梁終不倦

恆河皺面笑瞿曇

又

護父航滄海神通比白衣畫將垂髮辮應喚小天妃

第二十九圖

珠袚妝成掩鏡匳閒招仙侶擘霜縑七襄漫乞天孫錦

早錫嘉名一綫添

又

可憐雙弄玉來祝老飛瓊記得娘生日荷花倘未生

第三十圖

桂樓百尺向空嵌攜從登臨輿滌凡早卻鉛華罷梳洗新裝初換紫蕉衫

又

如雲攜侍從都爲省親來怪底樓門閉無風已自開

案易實甫觀察所題至三十圖止故此後兩圖僅録胡姪倩所作也

第三十一圖

偶然埋首簿書叢玉署森嚴件乃公預報和羹調鼎兆梅花管領好春風

第三十二圖

池園秋夢簇紅蓮錦纜牙檣艤畫船問到親庭雙淚落

本來忠孝屬神仙

題辭三此亦題含眞仙蹟圖者

敬題含眞仙蹟後十二圖各賦一詩以誌欽歎

興化徐賢書筱舟

雲中祝壽　一

婺星朗照姑蘇臺三吳士女歡如雷燕寢所思人不見畫堂懶設紫霞杯不圖應念先期至璧合珠聯相與來空中彩袖夾雲舞麝蘭香氣霏南陔足迹如何不履地俯視下界皆黃埃一拜同申將母意飄然聯袂歸蓬萊椿蘐福向人間造姊妹花從天上開休言相率掉頭去一片思親念未灰

又　　會稽周龢鼒調之

雲中雙鳳輦海上三神山來祝慈闈壽歸依瑤島班月明香冉冉風緩佩珊珊瑤曳霓裳影依然舞綵斑

又　　貴筑嚴　儼晴初

歲次逢丁未蘇臺捧斝年肩隨森玉樹眉壽祝金仙堂上鴻疇衍雲中雁序聯爲申將母意一拜致纏緜

又　　吳興沈際虞紹唐

仙衣飄舉御香風壽母筵開醉碧筒親見嬋娟雙姊妹一齊拜舞在雲中

幻蜨舞彩二　案此下題詠皆與前相同不另署名

金風玉露延新涼桂花院落層雲黃鸞翔鳳翥自天下九霄聞得木樨香手握靈球基萬化苞符槖籥司陰陽何來兩蜨大如許栩栩相迎金碧光化身千百至萬億飛逐天花時抑揚妙機祇合問莊子畫圖不備嗤滕王漫道神仙游戲事理趣卻費人思量

又

玉女善投壺麻姑工擲米狡獪亦偶然神仙游戲耳我披幻蜨圖別悟精深旨大地圓如球二儀扇元氣往古與來今紛紛盡蟲豸莊生夢蝴蜨觀者當如是

又

清靈開境界一夢不尋常馥郁雙株樹斑斕五彩裳蘐
庭方設帨藥闕亦稱觴宛效萊公意濃雲現吉祥

又

前身疑是太常仙桂子香時月正圓欲效老萊歸戲綵
一球舞出幾蹁躚

海中護父三

天空海闊秋風烈山奔水立浪成雪元戎履險本如夷
戀闕丹忱因更切仙心默相忠愛誠穩護中流見至情
一枕惺忪清夢覺潮頭白馬旋無聲舟人相慶風濤息
陽侯歛氣飛廉匿靈來靈去杳不知祇見神鴉千萬翼

鏡中秋影蔚藍天凝眸想像衣裳色

又

昔聞浮海者每仗天后功卓哉此仙姝神力與之同頃刻雪山白化爲海日紅長鯨失威勢安穩度艨艟護覲固云孝爲國亦其忠椿庭一元老蒼生望正隆

又

西川新秉節銜　命覲　楓宸法力倚天后仙靈護大椿安瀾誠有慶鎮海若通神能令風潮息斯爲砥柱人

又

似聞忠信波濤語北徙羣鷲海水飛爲護嚴親籲天后

蔚藍天映蔚藍衣

泰嶽候舅 四

我聞岱宗嶽嶽高入天碧霞宮外皆雲煙其間人迹不到處猿吟鶴嘯迥飛仙謝庭詠絮才無比玉闕司香探妙旨訪道名山采紫芝紆途先過渭陽氏神光所至疫痾消橘葉何資井中水錦囊想佩青精符雲車風馬爭前驅萬峰誰是棲靈處當須問之松大夫

又

巖巖魯泰山其中多仙友乘雲一訪之於世復何有乃憶渭陽情特贈埽愁帚小阮病無妨一豎聞而走相彼

四方民疾苦常八九安得逢仙娥一一登仁壽

又

爲報仙家事緘封自濟南渭陽勞駐馬泰嶽擬停驂勿藥占犧易班荆作麈譚孝思縈燕寢歸路認煙嵐

又

仙蹤何處不徜徉訪道東游省渭陽病榻未須靈藥療白雲卻望海中航

同夢示歸 五

鋒車迢遞同鄉關將入蠶叢鳥道間黔雲浙水萬餘里望遠皆苦山川難參橫月落漏聲轉孝女神來夢怕闌

地北天南歸一縮殷然鄂渚侍慈顔未幾移節督三楚共證前知非等閒白雲芳草占名勝今古仙人多往還一腔孺慕展抒易好騎黄鶴探金環

又

萬里竟同夢團圞話月華莫愁巴蜀雨且賞武昌花指日綸音降迎風笑語譁果然旌節轉得兆自仙家

又

爲慰椿萱念團圓在渚宫鄂湘移虎節桑梓返烏篷已露眞消息偏能妙感通箇中勤送喜三處夢相同

又

一游浙水一囘黔吉夢雷同總不嫌更憶姑蘇臺畔話八州佳兆未須占

蓮臺聽誦 六

香煙繚繞天雨花獅馴象伏寂無譁珠冠繡衣七寶座遶而望之蒸雲霞祇園僧衆齊頂禮手持貝葉袒袈裟鏗華鐘兮鳴法鼓魚山梵唄無以加蓮臺天女愜清聽垂手低眉神靡他欲度人寰諸苦厄浩刧銷盡恆河沙金碧光中辨法相聞者卻步空咨嗟安得垂楊枝上露灑徧塵中千萬家

又

忽現莊嚴相琳宮佛法多數聲觀自在一卷誦波羅神力馴獅象靈心辨蚪蝌和南僧大衆頂禮徧檀那

又

已習波羅蜜何求觀世音可知方外者亦有去來今高座不講法靈臺妙可尋拈花未忍笑人世夢方沈

又

何時仙旆出蓬萊愛聽喃喃梵唄來繡襖珠冠故莊重不妨幻相證蓮臺

水中窺影七

疏璃萬丈光玲瓏清虛一氣涵蒼穹水天搖蕩磨青銅

樓臺倒映蘂珠宮冰綃霧縠剪天風寸草春暉誠感通
大氣磅礴開鴻濛彩橋安用駕長虹蒼茫四顧無西東
湘靈遥奏曲三終波渺渺兮情融融寫生誰似馮夷工
廬山眞面兩相同恍疑濯魄冰壺中漫云色相付空空
活潑機神造化功贈形贈影意何窮悟澈早有蘇長公

又

女本蓬萊人母亦瑶池客對影證前身相見不相識塵
世海中漚何處尋蹤迹盈盈一片波便是三生石

又

別有承歡術追隨向碧灣雙清心迹印一縷孝思環煙

水空明際樓臺隱約開古裝同照影依舊侍慈顏

又

一片微波萬里清鏡中母女印分明唐裝晉飾歸何處
十二樓臺第五城

瓊樓傳語　八

五雲深處森臺閣十丈紅塵飛不著新人夙慕小姑賢
神往靈區如有約青衣前導步瑤階玉宇瓊樓啟珠箔
般勤勸駕慰慈闈搴衣搖曳綃縠薄但云不遠答來誠
恐洩天機言似咯壺中日月最縣長此語解人安得索
情雖無盡勢難留鳥聲千樹宣仙樂回頭彌望煙霧多

髣髴餘音滿寥廓

又

人間千百年天上祇瞬息人間億萬里天上但咫尺此意告新婦轉向高堂述人天總相依莫恨形骸隔

又

難得調羹婦心香一瓣誠雲開宮闕近鳥弄管絃清勸駕同依母趨庭賴有兒已知來者意仙樂送歸程

又

仙徑雲迷綠草茵羨他詩婢轉相親不勞絮問催歸去入耳琅璈聽最眞

玉立織絲九

銀河耿耿秋夜長絡緯聲中燈影涼及時女紅事機杼
底甚天上如人忙六銖衣薄等蟬翼脫除絢爛生輝光
玉山對峙有清氣姑射仙來織女旁萬絡千絲不脫手
玉皇待貢雲錦裳將毋默體二親意欲從江漢興農桑
清暇停機應歎息不聞喚女思爺娘

又

縞袂何亭亭瓊軒相對立五色機中絲巧從十指出兩
仙居上界想當司袞職我欲叩天孫錦裳爲誰織

又

軸軸亭亭立仙班許共陪絲綸歸掌握黼黻妙心裁儀
佐垂裳治應推補袞才七襄雲錦麗五色近蓬萊

又

魚白衣裳小手垂璇機琴袂引輕絲拂人清氣吹難散
幻出雙仙玉立時

率從登樓十

樂天憶女情無已痛惜金鑾難再起一縷精思結夢魂
別久相逢渾不似朱霞白鶴見手袖整肅衣冠一偉人
從來木蘭有俠氣漫說觀音祇女身相看面目還如故
奇絕森然頭角露百尺樓登最上層後先僕從趨如鶩

男兒骨相莫驚猜絮果蘭因有自來委形會顯閨中秀
應運當爲天下才報恩未遂心無既先機呈露親應慰
節府難拋兒女情塵寰正鬱風雲氣
按徐君所題至第十圖止故後二圖僅列周沈嚴三
君作也

又

樓高出天半仙風倏來往但看冠劍侍不聞環佩響易
斂而爲弁隱償二親想佳兆叶金環此是淩煙像

又

鄂渚欣隨任從東上桂樓江城方建節海屋恰添籌愛

日依黃鶴如雲擁絳騶庭闈應侍語約略說杭州

又

迷離釵弁喜還驚僕隸如雲護從行驀向牆東上樓去

仙人居處近通明

玉梅獻瑞十一

仙人樂道遥何亦作官府玉手不停披文書太旁午爲

在濟世心兼念翁辛苦紫府萬梅花用作和羹助不數

古木蘭從軍能代父

又

宛學阿翁治籌謀伏案勤材官排整肅塵牘理紛紜檄

草擄宏略梅花綻古芬是眞名士度巾扇領三軍

又

儼然冠劍入潭衙手判文書點不加忽覺兩廊香撲鼻侍兒齊捧玉梅花

荷院示靈十二

淮浦當年花解語如今園裏花無主豈知仙子忽留連夢中召得金閨侶指點仙源路不差一池綠水繞紅霞身是菩提心是鏡花非四壁船非家臨别依依那堪送寄聲阿母宜珍重今朝太乙偶乘蓮來日長庚還入夢

又

舊游還似昨荷院住清淮碧沼一船穩紅蓮萬朶排聞
香參佛理轉語慰慈懷隨在徵靈異瞻依處處皆

又

清河官舍古名園夢裏紅蓮欲解言阿姊相逢頻問訊
花香人淚兩無痕

題辭四

金縷曲 并引　　長沙陳啟泰 臞菴

昔自然寒女尙證道眞小鸞吳兒亦耽禪悅矧若金陵媚子化未若笄青溪小姑生有神骨固宜靈飛六甲高列淸都太極寶文上昇南嶽已貴陽中丞金鹿卿哀玉漿應夢寫成橫幅自譜雙聲德淸俞曲園先生旣爲長句幕府諸彥繼亦有作迺出寸縑索拈枯管因憶亡女辛丑殉烈今忽七年家人情話夜闌亦復頻頻入夢悲緒所觸能自已耶嗟乎人閒有世武夷君之曲誰聞天上無階曹子

建之辭恐讀率成一闋緣感生文不復計詞之工

拙也

誰盡人天界最淒然慈烏夢裏孝娥眉黛玉座曇花非幻影中有星君遥拜似別母愁容未改棋局也鬬兒女憒願麻姑彈指澂滄海塵刼換刹那快　沈珠我亦鍾情愛騰旌門西山比節貞珉千載不及劉樊仙眷屬位業真靈圖在寫一卷烏絲精楷來日阿侯文褓弄認金環生是金鑾再笙鶴引月明待

貴陽尙書命題含眞仙蹟圖說旣綴小詞復成長句奉政　又

謝公憐女握中璧曇花一現仙凡隔五雲樓閣夢通靈
前身合是嫦娥魄金碧璀璨三門開驂鸞恍惚從天來
蓮花豔豔簇冠帶八門游戲驚仙才紅橋曲折迎鴛楫
名姝六七翩環列綽約嚴裝百寶光玉簫手把冰華澈
乾坤清氣貯甆瓶散之四海同清平天風吹送霓裳曲
便是
熙朝雅頌聲上界官忙惟錄事蘂珠姊妹花重次宛轉
瑶函慰母心十三行溼思親淚奇花萬疊木蘭舟仙樂
風飄江水流忽然揮麈淩雲表衆仙羅拜望瓊樓佳夢
迢迢不相待影事如煙杳入海慈孝至誠能感通披圖

郤贊靈光在憶昔趨庭詠絮才深閨明眼禮如來雙親歡賞先承志翦綵多能擅妙裁畫苑風光入新燕丹青自寫鵝溪絹誰知漆室抱深憂臨難尤能有先見日者會言忌汴梁貞令冉冉悵晞陽芳齡修短原由命病誤庸醫亦自傷天半朱霞擁初日星輝嬃女淵源悉羊傳生知再世緣金魚合向爺身覓積善門庭福慶緜祥符又載詞人筆

新建程世濟　幹臣

水流淸漪歸潁川桂華皎潔生泰山太邱望閥世澤延仙子來投明珠圓椿庭愛日午正暄洪鈞斡轉超前賢

功高廊廟懿被壓積厚流光方未闕祥雲擁護北堂護
慈和示化誰比肩母儀三郗仰熊丸粉墨丹青隨意須
仙子秉慧非偶然况從天上來人閒性臻孝友博親歡
枕涼衾暖衣舞斑屬辭朗潤月可攀記事周詳珠走盤
冰雪聰明堪喻言十行一目排深艱書法繪事兼管絃
俯拾即是精且嫺翦綵拈鍼猶等閒傾倒巾幗慚纓冠
曇花一現莫追援金風颯颯空梁圜聞道　帝京降生
年莄飛六管春歸先十有七稔暫留連婺女星回銀漢
邊意者玉皇新傳宣待持青簡度羣仙抑是絳都開瓊
筵交梨火棗青精餐此日須臾駐素鸞神仙眷屬去應

還我聞古有竇氏媛恨非男子據征鞍矧乎才高柳絮
篇爭如玉樹競芝蘭高母泉邊石磬懸羊公樹下藏金
環再世更生信有旃豈是離迷窮其原氤氳香結未了
緣華胥境裏大羅天戎馬弓刀相周旋非復當年翠袖
單殿空金碧座生蓮本來面目廬峰巔有時衫著芙蓉
姸猶是依依孺慕牽玉簫在手協璣璿欲將吹徹人煙
寰摹寫雲霞鋪錦箋阿堵傳神彩筆端今日披圖覩仙
顏會當明月前身看俚言紀實抒誠虔何啻滄海流涓
涓

題辭五

貴筑花　城錦江

洞中歳月不知年一日丹成一日仙偶謫塵寰原小聚
人間天上總團圓
金作花冠玉作衣瓊樓歸去已忘機鈴轅父母思兒甚
旣赴瑶池夢總依
客爲杭州詩酒娱歸舟未忍去西湖何修伴得梅花侶
淨土香濃月不孤
漫謂無因卻有因天仙未許戀凡塵古今多少談元客
說到歸眞是孝親

聖門自昔謂才難，海上何人挽泛瀾。保養道躬同造化，老莊學力地天寬。

銀河耿耿衆星明，各有分司斗柄橫。此去蓉城休問卜，支機石已老君平。

貴陽尙書同年以女公子繡君女士含眞仙蹟題詠冊寄示因成八絕　仁和徐　琪花農

入世非眞出世眞，可知明月是前身。恩恩解脫緣何意，不欲蓮花染片塵。

爲親思女省親來，化蜨翩翩倘費猜。何似夢中眞色相，宛然羅韈步蒼苔。

或爲道服帶仙風或擁兜鍪氣似虹知是平生鍾俠骨不妨兒女露英雄

禱雨靈通瞬息閒不將膚寸羨齊山神蛟費盡噓雲力一滴楊枝讓翠鬟

右台聞說是仙居雁到衡陽定寄書女公子葬西湖右台山彭剛直師女孫歸俞氏者亦葬彼也夜半彩雲生柳外知從花港去觀魚花港觀魚景去右台咫尺

吾家幾輩佳瑤京淑靜先芬接秀瓊先宗丞公女淑靜女史及先姊瘦綠女史皆能詩先姊有秀瓊詞行世行到蓬山定相識不知誰是董雙成

白傅金鑾古所悲昌黎驛路亦題詩未聞招向游仙枕

細話家常似昔時
望中似見態珊珊仙袂霞裾正倚欄新曲欲教鸞鶴唱
玉笙祇恐不勝寒

讀松山給諫所選黔詩紀略後編中有貴陽尙書女公子遺詩夜分忽夢見投刺謁尙書旣延入燈燭輝煌給諫已先在尙書謂余曰曩曾見一畫中有一舟坐一道人著黃縧吾女著戎服跨鶴而來方語至此覺女公子已至金甲鮮明公因問曰爾此衣何來女公子曰不記某年閱武時所製乎隨於袖中出一冊授尙書視之篆隸分行皆詩歌也

余欲致詢已醒因憶含眞仙蹟圖中有見戎裝一事此語正合遂成斯篇

又

璠縭遺什句殊工還見戎裝至夢中似擬乾坤埽煙霧時事輒憤形於色可知兒女是英雄舟來天上乘春水女公子平日談及鶴向雲邊趁好風爲有思親無限意薛碑題出字朦朧

往時見諸家題含眞仙蹟句初未覩全圖昨貴陽佝書同年出以見示因又成四律奉正

又

分明霧鬢與雲鬟圖畫非求縹渺閒滿月金容原壽相女公子豐頤實壽徵也諸天玉籍奈仙班報恩偶爾來塵界有約

還應返故山看取幾番親指示可知靈蹟固斑斑
前度戎裝見夢中昨宵金甲更熊熊見上日紀夢詩豈如劍器
堂前舞勝拍笳聲塞上工定掣長鯨思靖亂恍馳天馬
正行空慈悲忽現威嚴狀微露平生報國衷
鴻儒亦寫蘂珠篇碧眼方瞳細字連謂曲園師題詠諸作豈讓鬟
眉有肝膽從無忠孝不神仙吟來柳絮三冬雪開到荷
花十丈船知否玉清忙檢校來遲去速思緜緜
漫道文人善寓言汾陽何以見天孫枕中一夢炊煙熱
石上三生舊影論鶴到來時人識面鴻當印處爪留痕
乾坤不朽非丹汞慧業千秋萬古存

余旣題含眞仙蹟圖因見隋左衛大將軍吳公李氏女墓誌銘女郎名富娘年十八而卒與繡君女史年相若也古今同慨之事不獨金鑾因賦六詩柬貴陽尙書同年恐富娘卽女公子前身也

又

榴花五月損紅妝今見隋碑尉富娘女郎以大業十一年五月十三日卒碑題曰吳公李氏女蓋其父綱官周柱國少傅大司空封吳國公所云吳公者敍其官曰李氏蓋以後有言歸於李一語也然不如稱尉氏女爲得按尉氏卽尉遲魏書官氏志西方尉遲氏後改爲尉氏北史尉遲迥傳父俟兜弟綱第二子安碑云曾祖兜父安正合惟史稱也俟兜此云兜蓋古碑書人名單舉雙舉各隨所宜也似含眞露仙影年華十八正相當

何處相逢隴頭月，姮娥獨見影模糊。碑文絶麗，如遂使臺上吹簫，惟聞弄玉；隴頭看月，獨見姮娥；返魂之香無由可值，更生之草何處相逢，皆可誦也。

長安郊外興臺里，未若仙山傍聖湖。富娘碑又云：仍以某月十七日窆之於京兆郡長安縣龍首鄉興臺里。女公子葬西湖右台山，則幽秀過之矣。

聞説當年母氏悲，言歸於李笑徒癡。何如曠達亭秋館，不使塵侵菡萏池。富娘碑云：母氏痛盛年之无返，悲處女之未笄，雖在幽媾，婚歸於李氏。近人以爲許字而未嫁者，然六朝時南北均有冥婚之舉，見騈體文鈔。觀下文共牢無爽，同穴在斯，與幽媾二字正合。若其夫尚存，不能遽作同穴句也。女公子生前既未字人，沒後亦不效古人拘牽，洵乎亭秋夫人之卓識遠過富娘堂上矣。

稚齒傾城想像中，閑柔孝敬兩相同。攡箋若寫璇璣韻桃李應教拜下風富媪碑云姿色温柔南國羞其桃李骨像端麗西子謝其姝妍銘曰稚齒鍾愛傾城遠傳孝敬天並閑柔孰先而不及翰墨女公子則善書畫工詩文又超越前人矣

古人信手彩毫拈誤筆曾無一字添片石尚教留缺陷何妨殘墨補香匳碑中如紝組彌閑上脫四字温彌勤句温下脫倩字庭訓嚴訓下亦似脫一字蓋當時就石書丹脫後遂不增益古人眞率大都類此

孰是前身孰後身讀碑棖觸古今人鉛華脫盡芬芳在吟到春風句亦新碑文有更無花朶永矢芬芳及鉛華遽退砭石終欺句

亭秋夫人於女公子繡君女史遺照前陳木瓜一盤經年顏色不變昨貴陽尚書同年談及因取一枚見賜賦此誌謝兼紀仙徵也

又

嘉果經年色不枯枝頭初朵可同無如瓜幾認新嘗棗
擲米從知善化珠現出莊嚴由供養離將灌溉轉芳腴
分明芝草塵根脫翻笑凡花必守株

余爲繡君女士檢校遺稿思以黔略後編崧山給
諫所撰小傳列之卷端然書籍叢雜方慮檢尋不
易一日晨起忽案頭有一冊視之卽黔略第二十
四卷而女士小傳在焉噫此何從來又誰爲置此
耶因成二律寄貴陽尚書同年與亭秋夫人正和

欲尋給諫手編文方慮琳瑯插架紛左右難爲圖史別

丙丁不易部居分曉來棐几憑誰置展處芸香滿室聞

定是玉霄靈迹示從容環佩下青雲

冀將此報兩親知使我拈毫慰所思瓶裏潤分楊柳滴

仙蹟卷中有清瓶濟世一圖 盤中鮮比木瓜枝語見前詩編成應動投壺

笑書到還催擊鉢詩豈是神仙名亦好難忘黄絹舊機

絲

題辭六

閲昌叙姪女含眞圖泫然有感輒題一律

仁和許祐身子原

慧質飄然返太虚還從圖畫認璠璵神仙鸞鶴恣游戲滄海鯨鯢待埽除香繞庭闈終不散魂依壺嶠竟何如歸來重植階前玉夙抱應期一展舒

仁和許綬之季履

雪樣聰明玉樣姿況兼孝友本天姿高堂定省晨昏日左女才華謝女詩九畹滋蘭有宿根寫生絕技不須論而今撒手歸天界

記否烽煙逼國門表妹每聞談時政輒慷慨悲憤庚子之役身在都城臨危不驚余甚佩之

碧橋流水白雲鄉夾岸桃花映夕陽不是神仙難駐足

悤悤一夢醒黃粱

紫金冠佩莊嚴相風馬雲車奉藐姑色色空空都入夢

含眞仙蹟豈虛無

天上因緣信有由幾經懺悔幾經修佛門尙作降生說

塵世何妨一再游

瑤臺瓊島自年年爭說蓬萊第一仙寫得吳綾三十幅

爲傳芳躅到人間

仁和許之福荄如

蘂珠宮闕金銀色羣玉班聯衆香國瓊華不閟大椿暉
上座仙靈心惻惻欲從夸娥問嫏嬛墮螺妙鬘山復山
五雲深處垂結束女几迴絶人煙寰
冠極連甍霞散綺璧門方鑰赤金鯉修虹一道達崒垣
蓮渚環闌花旖旎上界珠欬下界聞聯衿披拂御香芬
孺忱似水常不竭天風珢珢生縠紋
花冠赤色如芙蓉魚軒易爲君子車緊昔高堂幨帷駐
女中學士起榮譽橫玉在握風在御搴帷徙倚迅星步
仰天呼鸝欲致聲一片靈襟無著處
繁桐寶閣淩紫微藻井落時有光輝步障巖妝排錦出

寸心報答三春暉臺碣隆隆天尺五瑰瑋羅列琳瑯府
鯨鼉競響蜨影湮節樓澂寂月當午
玉清瓊簡文成赭琪花的歷珂岑下有懷慈蔭省起居
飛髻來自霄霓野繐帷對影月生涼織女新軿紫屭裝
前諾丹砂思不匱陔蘭佩蘂散天香元圃西崑誰得侍
紫蘭宮女殷招致飛粱繞岸玉鑾成銀波鱗文芬荷芰
林表蚩尾遥建瓴崇期條達山環青姑射排空猝轉轂
風旛不動天冥冥
丹霄鳳彩披雲見冠綴翠蕤被素絢釵環不御弁如星
明月前身自俊彥載閣靈轡引華笙乘蓮太乙神英英

風過赤城斗東向天衢隱約鸞玉聲
祥雲映麗靈姑旗夾道繽斑列戟枝垂弋靑要孟左右
中閒仙子甚威儀緇流幾輩如申禱願仗金輪皈三寶
梵宮閬苑本同源一例空明花月好
碧花卅六聳神觀珠箔飄燈夜爇蘭歷歷靈臺積情愫
環階紫菌靑瑯玕雲母屏開雙雉羽旃檀繚繞揮瓊麈
拈花一笑靜無言萬戶千門春嘔煦
蠟煙如纛燭夜光恍逢驛舍委僑裝塗金幅綺富陳設
行縢猶捧瑤池觴親闈趨侍屏羣從紛帨未許凡塵共
子母檀欒竹蔭深璘編譜入淸風頌

渠門大赤尊符珖前驅宛景雙虬舞亭童羽葆雲中仙
冠劍莊嚴釵黛武蒼蒼八霞誰所司申來帝閽崇孝思
宏農廟貌瞻祠宇陟降常有神護持
倚樓倦繡淩飛仙膝下授受手一編不櫛書生何倜儻
振衣欲上崑崙巔大浸當衝泊巨舳旌旆悠揚珠簇簇
銀漢槎迴剎那間轅門畫戟霜秋肅
江水晴明夜泊舟築耶城北枕晶流雲娥盛服逆淑侶
側聞蘐幄未忘憂玉案分司鮮閒暇心似白雲縈親舍
紫府他年會相遭寄聲珍重迴星駕
瀛洲九斛塵濛濛驀牽玉虎垂天峰琉璃紺碧窅何許

侍晨道式青芙蓉琳緘一寸金一截湘瑟無聲黯愁絕
孝水慈雲雨渺緜瑶扃豫署降鸞節
庭除列炬薈茗林青鳥環集雙星臨魯媛謝娥序雁齒
西清恆繫北堂心仙機離合緣素定閬風消息洛鐘應
旋迎廣柳道春申歲月日時猶堪證
隆楣傑閣迷金翠雲袂扶持兜率地峰依天姥暫承觀
尋戒蓮輿趣歸騎瓊訣玉經服習殊惟有性眞怡一爐
記取瑶窗耿耿意幔亭佳會無時無
風濤萬千川練皓大艑不繫紆滄藻素輿肩隨棹衆姝
禪心直蔭諸天島珍黃囊指此挈瓶更衷雪甲臨芳町

銀河手挽舒清氣塵網矇矇噴一醒
白羽畫江花覆橋嬃婺聯耀泛蓀橈繁星女史金犀比
璇流浮吹相閒招摶霄眴息雙鸞起玉管和聲雲生履
回首淩波別鶴儔超塵弱水三千里金猊寶篆香苾勃
疊鼓朝回肅袍笏紅錦靈妃洛水春綠綺文女岑華月
亞聲逐隊鬭歌衣鳳吹過雲珠塵飛端座獨聆霓裳曲
影娥池沼星欲稀
滄溟浴日丹鏡空舟窗歷羃晶屏中聯翩青雀羣仙會
柳岸平垂生曉風風颺笙璈花弄影侍鬟亦涉清虛境
白華闕下雲往來天人慈孝同光景

案芺如姪所題似分而合故不與標目者並列

戊申中秋夕賞月追念紋妹用唐人懷别韻録請

大人誨正

姪昌穀子式

雁行分序已三秋，颯颯西風生離愁。名園燒燭擎荷蓋，壬寅此夕會共燒燭於新荷上爲戲回首武林雲悠悠。妹卜葬武林洛陽西湖四千里經過，吳山又楚水。篷蓋追隨幾何時，一别音容兩已矣。癸卯伴妹由杭至汴因事赴鄂不圖竟成永訣我愧浮生廿五春，炊香徒自羨比鄰。舉業無成緣運嗇，恐勞吾不負前人。妹嘗言寒素起家當以儉省持之吾最佩其識見之高蓬萊三島隱滄海，珠殿蘂宫顔

未改此中雖饒神仙趣難忘人間嚴慈在白鸞青鳥向
風嘶異香郁郁蘐羅衣妝臺明鏡安置妥焚埽好待綵
雲歸孝友至誠動天聽爲善亦當圖報稱塵寰再到遂
初心一硯磨穿將有贈

題辭七　閨秀

拜讀姑母大人詩鈔於表妹仙蹟屢形詠歎恭賦

錄呈誨政　仁和許之聯瑾珍

綽約丰姿絕俗倫，聰明勝雪早離塵。小橋流水來時路，
回首滄桑悟夙因。

自鋤瑤草伴煙霞，曲罷霓裳散落花。乞得瓊漿遺阿母，
庭闈康吉祝無涯。

默禱甘霖降碧空，萬民有賴喜年豐。神仙忠孝由來重，
愛國丹忱是素衷。

恭挽繡君表太姑母大人兼題含眞仙蹟圖

仁和許以讓　廉卿

驟雨飄風日親庭泣諫時聽情出巾幗讜論愧鬚眉底事迴鸞馭爭傳激鳳吹沐粱慎無至日者果前知

嫈女星光黯遲遲返上清謫塵皆往迹反哺詎忘情彩仗氤氳擁花冠璀璨明更番來入夢依戀藉通誠

德清俞璡　佩瑗

貴陽望族太邱家有女清才麗絳紗天上丹符傳玉女

悤悤一夕證曇花高堂齧指勞遐思閶闔風盼斷靑禽使

重重夢裏覔仙蹤煙雲湋出瑤光紙徵題閨閣賦新篇

顰笑丰姿宛昔年同憶西泠同泛棹雲泥今日判人天

雲衣霞帔會相識瓊樓高處殊清絕小拂烏絲記數行
含顰長此留仙蹟一枝玉笛夜飛霜環佩歸來舊畫堂
洗盡塵寰脂粉氣金冠非復女兒妝九光燈裏開瓊戶
垂簾趺坐蓮花座雙成親奉八琅璈眞妃來獻霓裳舞
香閨舊侶偶追蹤夢入丹霄第幾重握手依依情話好
催人偏是上清鐘天風忽送雲軿至停驂小幻煙霞戲
氤氳一縷出銀瓶人間播滿清平氣姑射仙人踏浪回
千峰雲影盡低徊奇花一舸江波穩想是簪花散會來
素書慰母親封就蘐堂珍重思兒瘦道是他年會有期
璇閨往事重回首零落棠梨碧月寒一坏佳隴占湖山

畫圖珍襲傳千載不數前朝葉小鸞

德清俞　玫佩珣

明星嫛女前身是金鑾游戲來人世一現優曇鏡裏春

藥宮小謫原花史芳蹤生小京華寄謝家嬌女才無比

粉本摩花彩筆工青綾詠絮瑤篇麗烽火愁聽上苑鐘

輕帆南下繫烏篷淮徐甫攬江山勝隨侍旋聞到洛中

洛陽三月花如錦春風忽報嬋娟病藥裏方勞阿母煎

丹書催轉蓬萊頂留仙莫怨青囊誤瑤姬不隔清虛府

欲慰慈幃託夢魂迷津指出仙源路上清煙月路迢迢

袖角天風素塵飄繡楫渡江花作壁紅欄臨水玉爲橋

披圖恍入蓬壺裏珠樓貝闕連雲起一隊戎裝擁麗姝
千秋奪盡英雄氣疇昔甘泉動戰氛蛾眉惜未請長纓
儻教投筆參軍政不數秦家白桿兵無緣未識雲英面
丰容初向丹青見難證菩提一片心焚香展卷空留戀
仙迹流傳異代知湖山埋玉晚秋時疏鐘泠翠南屏路
待訪斜陽少女祠

題辭八

仁和周韻珠芷緗

憶江南

瑤臺夢，夢影障帷屏。手曳親裾雙袖翠，神游古驛一鐙青。玉漏漫催醒。

瑤臺夢，夢影蘂珠宮。曲檻花圍紅芍藥，仙城香繞碧芙蓉。人隔兩房櫳。

瑤臺夢，夢影現曇花。碧海仙山通咫尺，羽衣縞袂洗鉛華。一水泛銀槎。

瑤臺夢，夢影最分明。髮束峨冠金錯落，手拈長笛玉瓏

玲明月是前生

瑤臺夢夢影閃燈幽暫見崇坊來駐足恍思舊蹟話從頭悵望碧雲秋

瑤臺夢夢影傍金蓤淚眼恐傷慈母意至情姑寄侍兒言敢忘舊根源

瑤臺夢夢影隔仙城誓灑楊枝銷翳障會看寰宇慶昇平認取玉壺清

瑤臺夢夢影太悤悤隔水芙蕖花世界倚雲樓閣玉簾櫳一道卧長虹

瑤臺夢夢影悟瞿曇五色雲中么鳳駕四禪天上小鸞

參梵語聽喃喃
瑤臺夢影掩重簾湘竹風搖青个个瓊芝露醮翠纖
纖無語聳眉尖
瑤臺夢影絕凡塵白袷俄成名士態紅閨仍現女郎
身偶爾示前因
瑤臺夢影憶茫茫絳闕威儀新玉節丹霄仙樂舊霓
裳小隊護戎裝
瑤臺夢影鎖瓊樓紫府剛繙仙籍秘青衣休採廣寒
秋凡骨漫思游
瑤臺夢影費詳參袖裏琅玕緘玉札天邊煙月挂春

帆惆悵阻仙凡

金縷曲

含眞仙子屢有仙蜨之異因賦此詞

德清俞　璡　佩瓊

法雨諸天暮掩瓊扉鸞車乍駕暫辭仙侶下望白雲親舍在鬱鬱金閶煙樹認小象熏檀如故換得黃絁身栩栩傍謝庭飛絮翩然墮依約見淩虛步　香痕襟上低徊處憶當時花簪雙髻氍毹親賀此日錦堂重獻祝莫更因兒淒楚承珠袖長依慈膝三載含眞留夢蹟示靈蹤一夕紅塵住好證取梁園賦在汴時曾有仙蜨之異

祝英臺近

敬題含眞仙子小影

繡簾空綾帳冷人去蓬萊頂腸斷春暉青鳥難通訊憑他絹粉傳神湘筠滴翠細寫出小鸞倩影　鳴蟬鬢仙容屏卻鉛華秋水倚妝靜珠袖籠寒一色蔚藍淨端詳翦翦明眸低徊欲睇猶錯說金鑾歸省

臨江仙

家姊賦含眞仙子仙婕詞玫不敏亦勉成此闋

德清俞　玫佩珣

翠羽明妝猶似昔丰容重認優曇驚鴻小影鏡中看能

邀親一笑不異舞衣斑　何處瑤池君獨往人間見也
都難雲程無路可躋攀神交如許我再世待金環

祝英臺近

敬題含眞仙子小影

五銖輕仙佩細姑射謐應是望裏星眸無語似凝睇添
將曲彔朱闌伶俜修竹待瓊佩歸來寒倚　娜嬛地除
他靑女嫦娥約略堪爲侶尺幅雲容不盡春暉意低徊
殘墨零箋望思臺迴好訴與彩鸞畫裏

敬題含眞仙蹟圖

東湖沈韻蘭蕉生

知是人天第一才蘭因絮果不須猜瑤裝有約朝眞去畫槳無端借夢回碧海神山離縹緲白雲親舍認徘徊節樓何異仙居好願悟金環福地來

金縷曲

敬題含眞仙蹟圖呈姑母大人誨政

姪女許之仙 仙娜

繡君表妹天資頴異聰慧軼倫翦綵製花無不工巧閒從姑母學繪事稍加指點卽娟秀有致生長京邑晨夕侍親側凡可得親歡者孝無不至待僕婢從無厲色雙親鍾愛三黨稱賢庚子歲値拳匪

之變　兩宮西巡妹忠憤涕泣恨不爲男子以報
國家其胸襟尤閨中罕有以後隨節大梁甫逾一
載時痾侵迫遽奪其年没後異香馥郁經歲不散
值姑母悲深之際則香尤烈去年姑母挈妹櫬回
杭道出申浦仙至申祭奠默求靈夢是夜夢妹降
臨追話疇昔五雲樓閣鸞馭俄昇事詳仙蹟圖中
妹夙因不昧則慧業生天至性過人則孝思不匱
妹之靈固無往而不在姑母積悲不忘乃繪含眞
仙蹟圖以記之旁徵題詠仙與妹相知有年襟懷
互契粉匳手澤撫舊泫然敬題此闋以志感惻兼

申欽慕云

往事隨流水憶長千金樽鈿笛花前同戲碧玉髫齡砮易擲留取丹青片紙空凝想丰神畫裏欲慰護闈通尺素趁天風青鳥銜書至卻帶得旃檀氣　春江昔夢低徊記擁華妝亭亭霧縠水窗同倚攬袖依依情話久遥指五雲福地駕笙鶴凌虛欲起萬事悲歡皆露電祇難忘親舍悠然意勸珍重思兒淚

題辭九　閨秀

敬觀繡君姊含眞仙蹟中瓊樓玉梅二圖不禁神往因各賦一詩　仁和姚　巽伯婧

霞錦雲光上界明此身幸得步虛行雙鬟引夢凡心靜
百鳥和鳴入耳清召去衹緣傳一語催歸未許問三生
譙樓更鼓聲聲遠鶴唳遙空夢乍醒

右瓊樓傳語

梅鼎調羹事峨冠已易裝和風時雨滿烈日海天茫暫
別飛雲島重臨蜨桂堂庭前同舞綵預祝慶緜長

石玉梅獻瑞

右王蘊嫺詩

[illegible]

亭秋館附録

錢塘許禧身輯

偶檢女遺匳得七言絶句一首並課本一小帙展讀數過悲從中來恍若見昔年小窗侍讀情景不忍没其髫齡好學並錄於右

春晴

郭外春光絢物華杏帘高處有人家洛陽景比金臺勝閃爛庭前醒目花此或在汴梁作傷哉余竟不知

再收遺匳又得七律一七絶二或其集句或自詠我輩前亦秘而不宣且韻脚平仄皆合拍或其在

汴十五齡作聽穎好學如此展對遺章又增傷感耳

春曉

啼烏鳴起現朝陽驚覺黑甜夢裏鄉階下柳花飛是絮林中鶯舌弄如簧清風拂檻花含露麗日當窗爐裊香妝罷命鬟青鏡掩吟箋自理漫評量

春晴

名園春日是清華桃李林中賣酒家風定荷芳書院靜月鉤初上紫金花此詩似和余韻或請江漕署中荷芳書院作

夏日

紅蓮雨後下漁舟綠柳雲籠執釣鉤高閣飛香風景麗

歸烏落日噪樓頭清江漕署池蓮甚茂女每坐小舟蕩於花中此或當時作也

龍門　鶯舌　朝霞　蘭香　洗象　名園　涼棚

鳳閣　雞冠　夜雨　竹影　騎牛　高閣　温室

荷露　豆棚　金人　玩月　蝦醬　冬笋　春日

松風　花洞　鐵馬　賞花　魚鬆　夏蓮　秋風

觀畫

梳妝

煙籠柳　白芍藥　捲竹簾　楊柳色　荷葉粥

月照松　紫薇花　吹蘆管　芰荷香　藤花餻

剪紅燭 鴛鴦枕 水晶簾 芭蕉扇 鬭蟋蟀

剔青燈 孔雀屏翡翠衾 琉璃瓦珍珠釧 蓮花燈 撲流螢

鳳尾竹 海棠館 桃花扇 梧桐院 君子竹

雞冠花 芭蕉亭 荷葉燈 牡丹亭 大夫松美人蕉

翡翠鐲 黃金橘 風送暖 讀書燈 珠簾雨

珊瑚珠 白玉蓮 雪飛寒 梳妝鏡 紈扇風

榴照眼 六月雪 樓外月 梅花帳 紅蓮粥

竹虛心 七星燈 水中天 杏子衫 紫藤餻

柳舒眉折腰 冰梅箋 春花媚 星在戶 桃花涙

聽春雨 金蓮炬 秋月明 月當樓 牡丹臺

望秋雲　玉爐煙

寒窗翦燭　簾捲高樓　催花雨急　西湖放櫂

暖閣圍爐　鐘鳴古寺　籠柳煙濃　東閣看花

黄河夜渡　海棠春睡　擊鼓催花

青海日升　荷葉夏圓　舉杯邀月

青燈書味永　夜鐘驚睡鶴　月下人吹笛

紫硯墨香濃　朝鏡理修蛾　花閒客撫琴

疎燈人賣酒　薔薇香滿架　地比西湖好

寶鏡婢催妝　楊柳緑遮門　星臨東閣高

紅杏村居好　雨過青苔滑　才子花生筆

綠楊灞岸多　風來翠麥輕　書生月作燈

春雨催花急　紗窗橫北斗　名園風景好

秋風折桂忙　羅扇弄西風　高閣月光明

秋晴穫稻忙
秋雲吐月忙

春雨滋蘭草　風暖鳥聲碎　走馬看新榜

秋風折桂花　水深魚樂游　籠鵝換法書

小樓聽夜雨　流鶯新出谷　石泉新試茗

高閣賞朝霞　乳燕早營巢　銅鉢早催詩

青燈書味永　胸羅書萬卷　銅龍清晝永

黃榜墨痕濃　志樂酒一樽　鐵馬曉風鳴

夏木黄鸝囀　晨鐘驚睡鶴　風涼紫櫻熟
春花白蜨尋　朝酒聽流鶯　日暖紅杏開
桐葉知月閏　舉杯邀月影　布穀新夏令
梅花耐天寒　失箸聽雷驚　斑鳩喚春晴
蘭池清夏氣　晴窗欣共硯　新秧綠似鍼
麥隴送風香　古案靜焚香　弱柳青如綫
催花小雨朝光豔
籠柳清煙暮色寒

亭秋館附錄